LAS LÁGRIMAS DE
SAN LORENZO

Julio Llamazares nació en Vegamián (León) en 1955. Su obra abarca prácticamente todos los registros literarios, desde la **poesía** —*La lentitud de los bueyes* (1979) y *Memoria de la nieve* (1982)— a la **literatura de viaje** —*El río del olvido* (1990, Punto de Lectura 2008), *Trás-os-Montes* (1998) *Cuaderno del Duero* (1999) y *Las rosas de piedra* (2008, Punto de Lectura 2009), primer volumen de un recorrido sin precedentes por España a través de sus catedrales—, pasando por la **novela** —*Luna de lobos* (1985), *La lluvia amarilla* (1988), *Escenas de cine mudo* (1994) y *El cielo de Madrid* (2005, Punto de Lectura 2006)—, la **crónica** —El entierro de Genarín (1981)—, el **relato corto** —*En mitad de ninguna parte* (1995)— y el **guión cinematográfico**. Sus **artículos periodísticos**, que reflejan en todos sus términos las obsesiones propias de un narrador extraordinario, han sido recogidos en los libros *En Babia* (1991), *Nadie escucha* (1995) y *Entre perro y lobo* (2008). *Tanta pasión para nada* (2011, Punto de Lectura 2012) recoge doce relatos y una fábula, y *Las lágrimas de San Lorenzo* (2013, Punto de Lectura 2014), es una emocionante novela sobre los Paraísos e Infiernos perdidos que recorren toda una vida entre la fugacidad del tiempo y los anclajes de la memoria.

Julio Llamazares

LAS LÁGRIMAS DE SAN LORENZO

punto de lectura

© 2013, Julio Llamazares
© De esta edición:
2014, Santillana Ediciones Generales, S.L.
Avenida de los Artesanos, 6. 28760 Tres Cantos. Madrid (España)
Teléfono 91 744 90 60
www.puntodelectura.com
www.facebook.com/puntodelectura
@epuntodelectura
puntodelectura@santillana.es

ISBN: 978-84-663-2790-9
Depósito legal: M-7.264-2014
Impreso en España – Printed in Spain

© Imagen de cubierta:
Vincent Van Gogh, *Noche estrellada sobre el Ródano* (detalle)
Museo de Orsay, París
Getty Images

Primera edición: abril 2014

Impreso en BLACK PRINT CPI (Barcelona)

*A mis amigos de Ibiza
(los que están y los que ya no están)*

Encima de nosotros la Vía Láctea. Si miro verticalmente, veo el Cisne y Casiopea. Son las mismas estrellas que veía de niño... Me cuesta creer que soy la misma persona.

W. G. Sebald

¡Dichosa edad en la que vuelan las estrellas!

José Antonio Llamas

Una...

El verano empezaba cuando llegaban los veraneantes. No el 21 de junio, que es cuando dice el horóscopo, ni siquiera la noche de San Juan, la más corta y misteriosa del solsticio, cuando la gente se sanjuanea sumergiéndose en las aguas de los ríos y las fuentes, prendiendo y saltando hogueras o buscando al amanecer el trébol de cuatro hojas, ese que da buena suerte, sino cuando llegaban los afortunados que podían permitirse el lujo de descansar los meses de más calor, al contrario que el resto de la gente.

Yo, en cierto modo, era uno de ellos. Aunque descendía del pueblo, vivía lejos de él y mis abuelos ya eran mayores, por lo que habían dejado de trabajar. A falta de algún hijo que se hiciera cargo de ellas, habían arrendado las fincas al llegar a la jubilación. Por lo que yo no tenía nada que hacer en todo el verano, cuando llegaba desde Bilbao para pasar con ellos las vacaciones, al revés que mis amigos, que tenían que ayudar a sus familias en las distintas labores de la labranza. Que eran muchas todavía en aquel tiempo. Con una mecanización incipiente aún, la agricultura en aquellos pueblos era todavía manual, lo que obligaba a un enorme esfuerzo a todos los campesinos; sobre todo en el verano, que era cuando trabajaban más. A la recolección de la hierba y del cereal, que se realizaba en el mes de julio, se unían otras faenas, como la trilla, que se prolongaban durante todo agosto, incluso parte de septiembre —el año que venía retrasado—, y que exigían el concurso de todas las personas en condiciones de trabajar. Ni siquiera los niños eran liberados de ellas, aunque sus faenas fueran las menos penosas, tales como cuidar del ganado o llevarles a sus padres la comida al mediodía hasta el lugar en el que estuvieran.

Yo, ya digo, estaba libre de ello. Como en mi casa no había labranza (tan sólo el huerto que mis abuelos cultivaban por entretenerse), yo no tenía nada que hacer en todo el verano, como no fuera estudiar las asignaturas que hubiese suspendido en aquel curso. Que fueron pocas, que ahora recuerde. Así que disponía de todo el tiempo del mundo, al revés que mis amigos, que tenían que trabajar.

Fuera por aburrimiento o por solidaridad con ellos, lo cierto es, no obstante lo dicho, que la mayor parte del verano la pasaba ayudándoles. Me sentía mejor en su compañía que con los hijos de los veraneantes. Pertenecientes a clases muy diferentes, nuestras vidas apenas se cruzaban, salvo en las fiestas y en la lejanía. Ellos eran las cigarras y nosotros las hormigas de la fábula, aunque, ya digo, yo hubiera podido ser las dos cosas.

Además, los chicos del pueblo eran más entretenidos. Sabían cosas que yo desconocía a pesar de estar estudiando. Por ejemplo: los nombres de los pájaros que surcaban el cielo continuamente sobre nosotros y los de los árboles en los que hacían sus nidos. Y, también, costumbres y tradiciones que en la ciudad habían desaparecido hacía ya mucho tiempo.

Una de ellas, la noche de San Lorenzo, era la de salir al campo para ver la lluvia de estrellas. Lo hacían en grupos, de madrugada, con el permiso de sus padres, que esa noche les dejaban regresar más tarde a casa, quizá para compensarles de los trabajos a los que les sometían. Incluso, a veces, les acompañaban ellos, ya fuera por propio gusto, ya fuera porque la noche les sorprendía recogiendo todavía la cosecha de las eras o regresando al pueblo de otras labores. Entre mis recuerdos de aquella época está el de mis abuelos acompañándome a medianoche en el corredor para ver la lluvia de estrellas y, también, el de mi propio padre un verano en el que también tuvo vacaciones indicándome en el cielo los nombres de las estrellas mientras el pueblo dormía frente a nosotros.

Lo recuerdo como si fuera hoy. Alrededor, el mundo se había parado y la noche parecía una gran pantalla negra. Olía a tomillo, pero también a lúpulo, que era un cultivo que entonces se producía en aquellos pueblos. Se trataba de un olor intenso, como la noche, y se sentía con

11

más fuerza que nunca. Quizá porque esa noche era la primera vez que lo sentía a esa hora en mitad del campo.

Estábamos en la era donde antaño mi familia había trillado también el trigo. Ahora estaba desierta y silenciosa, a falta de los aperos que ocupaban las de los demás vecinos. Detrás de nosotros, la caseta donde aquéllos se guardaban en invierno permanecía muda y callada como si también quisiera ver las estrellas caer del cielo. Y, al fondo, en la lejanía, se adivinaba el pueblo dormido, apenas un perfil negro de casas sin una luz. La única luz era la del cielo, que parecía una gran luciérnaga de tan iluminado como se le veía.

—Mira: ésa es la Estrella Polar —me señaló mi padre, entre todas, la estrella que más brillaba.

Lo recuerdo como si fuera hoy. Yo estaba tumbado igual que esta noche sobre la hierba seca de la era (siempre lo estaba en el mes de agosto) y, a mi lado, la mano de mi padre me conducía entre las estrellas hacia la que me decía. La seguí como si fuera un faro hasta que la descubrí. Y, así, una detrás de otra (la Osa Mayor, la Menor, Casiopea...), mientras el olor del lúpulo lo iba dominando todo hasta convertir el cielo en una fabulosa plantación. Una plantación de estrellas, que eran como las motas con las que en esos días aquél estaba dando su fruto.

El lúpulo era una planta de reciente implantación en la comarca, que todavía lo cultivaba con prevención. No sólo porque exigía una gran inversión previa al cultivo (aparte de buena tierra, la enredadera, que es de lo que se trataba el lúpulo, necesitaba para extenderse una estructura de postes unidos unos a otros por largas cuerdas o hilos de alambre que les daban a las fincas, antes de crecer la planta, el aspecto de bosques fantasmagóricos), sino también porque no sabían para qué servía realmente. Sólo sabían que procedía del extranjero, adonde se enviaba toda la producción, y que se utilizaba en la fabricación de la cerveza, aunque no exactamente cómo. Así que lo sembraban como el que siembra un misterio y del mismo modo lo recogían cuando el fruto estaba en sazón.

El fruto eran unas motas a modo de piñas tiernas o de alcachofas verdes muy diminutas que brotaban por toda la planta y que supuraban una sustancia muy pegajosa. Y que apenas pesaban lo que un suspiro. Lo sé porque algún verano yo mismo participé en su recogida, que exigía el concurso de toda la gente disponible y que fue mi primer trabajo pagado. Cuando el nuevo cultivo se extendió, cosa que ocurrió muy pronto a la vista de su rentabilidad, llegó a ser tan abundante que no sólo cambió el paisaje de aquellos pueblos, ahora rodeados de empalizadas que se llenaban de verdes hojas y flores en primavera, sino que se necesitaban muchas personas para recoger el fruto, puesto que el trabajo era muy laborioso. Había que descolgar las plantas de los alambres, que en el verano estaban cubiertos, y, ya en el suelo, arrancar las motas una por una y meterlas en sacos para su recogida. Entre su elevado número y la pegajosidad del tacto, la labor era tan ardua que requería toda la mano de obra que hubiera libre en aquellos pueblos. Así que participaban todos lo que lo querían, incluidos algunos que, como yo, estábamos de vacaciones, pero deseábamos ganar algún dinero.

Lo recuerdo ahora, al cabo del tiempo, pero lo ignoraba entonces, aquella noche en la era, mientras mi padre, tumbado boca arriba junto a mí, me iba diciendo los nombres de las estrellas a la espera de que alguna perdiera su inmovilidad. Lo hacían de pronto, sin previo aviso, y convertían su breve vuelo en una ilusión lumínica; tanta era su velocidad y tan fuerte la impresión que me producía su descubrimiento. Y es que las lágrimas de San Lorenzo, como llamaban en aquellos pueblos a las estrellas fugaces del mes de agosto por concentrarse principalmente en torno a ese día, acarreaban cada una de ellas la posibilidad de pedir un deseo, que era lo que realmente entusiasmaba más a los niños. Tanto que a veces nos poníamos nerviosos cuando la profusión de estrellas hacía imposible pensar uno para cada una.

Pero aquel día, cuando mi padre me acompañó a ver la lluvia de estrellas, aquel lejano verano en el que también él tuvo vacaciones, yo no podía pensar ninguno porque el principal de todos, que era que él estuviera allí, ya se me había cumplido. Así que me dediqué a ver volar las estrellas sin pedirles ningún deseo y a dejarme embriagar por aquel olor que llegaba mezclado con el del monte y que, a partir de esa noche, iría ya siempre unido a la contemplación de las lágrimas de San Lorenzo. Por eso cuando, veranos después, siendo ya un adolescente, trabajé recogiendo el lúpulo en varias fincas de la comarca (las que, por sus dimensiones, daban trabajo a todo el que lo quisiera), recordé, mientras lo hacía, con emoción y melancolía, la noche en la que mi padre me acompañó a ver las lágrimas de San Lorenzo del mismo modo en que ahora recuerdo aquel olor pegajoso que desprendían las motas del lúpulo cuando las arrancábamos de la planta y que se quedaba pegado a la piel durante bastantes días. Tanto que todavía hoy puedo olerlo, a pesar del tiempo pasado.

Otra...

—¡Otra!... ¡Otra, papá!

La voz de Pedro rompe el silencio. Emocionada, reclama mi atención y la confirmación de que también la he visto. La pide siempre, con cada estrella.

El niño está entusiasmado. Desde hace algunos minutos, el cielo ha perdido fuerza y cada poco una nueva estrella escapa de su control. Parece como si ese imán invisible que sujeta a las estrellas contra él hubiera desaparecido, dejándolas en libertad. Una libertad dudosa, puesto que la mayoría apenas logra llegar muy lejos.

—¿La has visto? —me dice Pedro, mirándome.

—Sí —le respondo yo.

Da igual que la viera o no. Al niño le da lo mismo que sea verdad o mentira y, en el fondo, prefiere que le mienta con tal de compartir su emoción conmigo.

Le he traído hasta aquí arriba para verlas. Lejos de las construcciones que ocupan toda la isla y cuyas luces alumbran la lejanía como si fuera un cielo invertido. Es imposible escapar de ellas por más que uno se aleje de donde están.

Donde nos hallamos ahora nosotros es quizá el lugar más salvaje de la isla. Perdido en su parte norte, sobre los acantilados de Benirrás, el pago de Pere Lluc apenas cuenta con algunas casas diseminadas por las colinas. La mayoría de ellas están vacías, salvo en verano y no todo él. Hasta aquí no ha llegado aún la especulación que asola la isla.

Yo conozco este lugar porque viví en él algún tiempo. En una casa de campesinos abandonada por éstos cuando empezó la irrupción turística y la gente se trasladó a vivir a la costa. Ahora está en manos de unos alemanes, como la mayoría de las de la zona. La he visto antes, cuando veníamos, desde el camino que sube hasta esta colina, ese camino de tierra que tantas veces recorrí en la pequeña motocicleta con la que me desplazaba por toda Ibiza en aquella época. Está casi igual que entonces, con su buganvilla roja, sus cactus y sus chumberas y sus ventanas pintadas de color blanco y azul. Como siempre, me he preguntado si sus actuales dueños serán tan felices viviendo en ella como yo lo fui en aquel tiempo.

Fue hace ya un cuarto de siglo. Lo sé porque, al volver a verla, he hecho recuento de los años. ¡Veintiséis, la mitad de los que ya tengo! Pensaba que serían menos, pero siempre me ocurre eso cuando recuerdo. Mi madre me decía siempre —cuando me reconocía aún— que mi comprensión del tiempo no tiene nada que ver con la realidad. Y quizá tenía razón. El caso es que ya ha pasado una eternidad desde que viví en estos montes acantilados de Benirrás, la playa en la que todavía hoy se reúnen los últimos *hippies* de Ibiza para, a la puesta del sol, tocar sus bongos y sus tambores como una tribu de indios desesperados a los que el mundo ha dado la espalda como ellos hicieron con él cuando eran más jóvenes. Ayer los vi y, dentro de su patetismo, me recordaron al chico que los miraba con admiración, como correspondía a su ingenuidad de entonces. Y a aquellas ganas de vivir que le habían traído a esta isla varada como un gran pecio en mitad del Mediterráneo.

Ahora lo veo de nuevo iluminado apenas por las estrellas mientras a mi lado Pedro continúa mirando al cielo al acecho de que alguna pierda su inmovilidad de pronto y reconozco en él aquel mismo mar que contemplaba desde la casa, asomado a sus ventanas o, en las tardes de verano y de buen tiempo, sentado debajo de la buganvilla que cubría toda su fachada. Por su tamaño era un árbol más que una planta y por su color parecía más una hoguera que una flor repetida un millón de veces.

La habíamos encontrado casi por casualidad. Creo que fue Catalina, la dueña del bar de Santa Gertrudis (hoy he visto que ya hay varios en el pueblo), la que nos puso en la pista y en contacto con los dueños, que eran familiares suyos. El matrimonio, que ya era muy mayor, había vivido en aquella casa toda su vida, pero la había dejado hacía tiempo y temía que se les viniera abajo. Por eso la querían alquilar. Cuando la fuimos a ver, nos enamoró. Era la típica casa de piedra sin encalar, como estaban casi todas en la isla antes de la irrupción del turismo, y tenía todas las dependencias de las antiguas casas de campesinos: el patio, las cochiqueras, los establos para el burro y las ovejas y hasta un pozo delante de la puerta. Y, en la parte de atrás, una gran higuera y tres o cuatro algarrobos para alimento de los animales. Todo ello lleno de polvo y con la buganvilla a punto de desvanecerse. Parecía como si el tiempo hubiese puesto sobre ella todo el peso de su desolación.

Las recuperamos (la casa y la buganvilla) a base de mucho esfuerzo. Entre Carolina y yo, con la ayuda esporádica de algún amigo y la puntual de algún albañil (no teníamos dinero para más), conseguimos rescatar ambas y devolverles la compostura que habían tenido hacía tiempo. Incluso las mejoramos en algún aspecto al convertir la cuadra y las cochiqueras en habitaciones para los invitados y, en el caso de la buganvilla, al podarla y volver a llevar sus guías entre los salientes de la fachada. ¡Qué hermosa lucía aquel año, al llegar la primavera a estas colinas!

Vivimos allí tres años; los que Carolina y yo permanecimos todavía juntos antes de que el aburrimiento hiciera mella en nosotros. Era una época en la que nada duraba mucho y menos en esta isla. Por eso, después de tres años juntos, Carolina y yo nos debimos de cansar de ser felices y decidimos continuar cada uno por nuestro lado. Y, en nuestra despedida, dejamos también la casa en la que tan felices fuimos mientras estuvimos juntos.

Pasábamos las horas sentados en el patio, ella pintando sus acuarelas y yo mirando el paisaje, que cambiaba de aspecto prácticamente a cada momento. Y eso que, en lo que recuerdo, el clima era siempre el mismo: este clima imperturbable y apacible que me volvió a recibir ayer cuando llegamos al aeropuerto. A veces, cuando el sol apretaba mucho, nos refugiábamos debajo de la higuera, en la parte trasera de la casa, cosa que hacíamos también al atardecer, puesto que desde allí se veían el mar y las puestas de sol más maravillosas que he visto en toda mi vida.

Hoy volví a hacerlo desde San Antonio. Mientras paseábamos por el puerto haciendo tiempo para cenar, Pedro y yo asistimos a ese espectáculo que se repite todos los días y que consiste en ver hundirse el sol en el horizonte, que es el mismo en ese punto que el del mar. Un espectáculo gratuito que concita cada tarde frente al puerto a docenas de turistas, que aplauden cuando concluye. Como si el sol y el mar fueran dos actores y su fusión, un acto de amor circense.

Yo eché en falta, sin embargo, el olor de las higueras y el resplandor de la buganvilla que aún crece en aquella casa. El ruido de San Antonio, confuso y abigarrado, distorsionaba todo a mi alrededor y los aplausos de los turistas me devolvían a la realidad. Aquí, en cambio, en aquel tiempo, nada rompía el silencio, todo era tan perfecto que parecía imposible que pudiera repetirse al día siguiente. Pero se repetía. Un día y otro y otro. Hasta que, al llegar octubre, la buganvilla empezaba a dejar caer sus flores y el resplandor del sol no encontraba espejo en el que reflejarse mientras desaparecía en el mar.

Hoy, frente a San Antonio, tampoco encontró ese espejo, tan sólo el de los cristales de las ventanas de los hoteles que miran a la bahía, pero lo encontrará mañana, cuando vuelva a emerger por Portinatx y se refleje en las buganvillas de toda Ibiza, que son tantas como estrellas hay esta noche en su firmamento. Seguramente, también, la mayoría se agitarán con la brisa que acompaña siempre al amanecer e incluso alguna perderá parte de sus flores, que pasarán a integrar la tierra como las estrellas que se deslizan desde hace rato por la bóveda del cielo lo hacen de la piel de éste y como los recuerdos pasan a formar parte de nuestra biografía. Es el destino de todo lo que se cae, de todo lo que se mueve, ya sea en el cielo, ya sea en la tierra. O en nuestro corazón, que también tiene estrellas y flores como esta noche de San Lorenzo.

—¡Mira, papá!... ¿Has visto ésa?

—Claro, hijo —le digo y sigo soñando, recordando aquella casa y aquellos días felices que pasé en estos montes de Benirrás cuando todavía creía que la vida era una estrella que no se apagaba nunca, como ahora debe de pensar Pedro.

Otra...

—¡Mírala!... ¿La ves allí?... ¡Aquella que luce tanto!...

Mi madre insiste hasta que lo consigue. Desde el corredor de casa, esa galería abierta que recorre toda su fachada y en la que por las tardes se sienta a conversar, mientras cosen y miran el paisaje, con la abuela, me muestra en el firmamento la estrella del abuelo, que acaba de morir. Es primavera y todo bulle a nuestro alrededor, como si a la naturaleza no le importara nada lo sucedido.

Mi madre me ha traído al corredor para enseñarme la estrella del abuelo, que se acaba de encender según me dice, pero yo sé que lo hace para alejarme del comedor donde mi padre y sus cuatro hermanos velan su cadáver yerto, junto al que mi abuela llora. Antes de salir de allí, he visto también la foto de su hijo Pedro, el que desapareció en la guerra. Hoy más que nunca parecía presidir el comedor, como ha hecho siempre desde que lo recuerdo.

Ignoro cuándo fue la primera vez que me fijé en él. Quizá tuviera cinco o seis años, que es cuando uno comienza a tomar conciencia de lo que le rodea. Y seguramente fue con mi hermano, una de aquellas tardes del mes de agosto en las que todo el mundo dormía la siesta menos nosotros, que nos escapábamos de nuestra habitación. O quizá fuera mucho antes, cualquier día de Santiago, que era la fiesta del pueblo y el único en todo el año en el que se comía en el comedor (el resto de los días se hacía en la cocina, que era el centro de la vida de la casa). El caso es que, siendo todavía muy pequeño, comencé a fijarme en aquella foto que presidía en solitario el comedor y que me daba miedo porque el hombre del retrato me miraba de reojo, como si me estuviera espiando desde su inmovilidad. Lo cual, unido al misterio que lo envolvía (todos bajaban la voz al hablar de él, y a la abuela, cada vez que lo miraba, se le escapaba un suspiro, o las lágrimas, cuando creía que nadie la estaba viendo), hizo que comenzara a atraerme hasta el punto de que algunas tardes, mientras en casa todos dormían la siesta o andaban a sus ocupaciones, me arriesgara a entrar solo en el comedor para verlo, a pesar del miedo que me producía.

Era su extraña mirada la que me lo producía. Sorprendido de reojo, el hombre del retrato miraba siempre de esa manera y te seguía con los ojos, te pusieras donde te pusieras. En cierto modo, era como si estuviera vivo a pesar de su inmovilidad. Todo lo cual, ya digo, sumado al misterio que lo envolvía y a su ausencia de las conversaciones (nunca se hablaba de él, salvo de modo indirecto y sin pronunciar su nombre), hizo que mi interés por saber quién era, en lugar de decrecer, fuera en aumento hasta el extremo de atreverme a preguntarle un día a mi padre quién era y por qué estaba allí su foto. Me acuerdo de que mi padre se quedó muy sorprendido, me miró de arriba abajo como queriendo saber por qué se lo preguntaba y, por fin, después de pensar un rato, zanjó el asunto con una frase que a mí, en aquel momento, me dejó más desconcertado aún:

—Era un tío tuyo que desapareció en la guerra.

Noté que no quería decirme más. Me di cuenta de ello porque enseguida cambió de tema y me propuso ir a pescar cangrejos, que era una de sus ocupaciones favoritas cuando estábamos en el pueblo. Ponía los reteles en las presas con un cebo de carne o de tocino y esperaba fumando un cigarrillo a que aquéllos cayeran en las trampas. En aquel tiempo, en aquella zona, los cangrejos eran una plaga y enseguida se llenaban los reteles de aquellos crustáceos negros que se volvían rojos en la cazuela cuando la abuela o mi madre los cocinaban. Había tantos que algunos pescadores los dejaban en el agua, aprisionados en sacos o en grandes cestos de mimbre, para que siguieran vivos hasta el momento de ir a comerlos. No recuerdo si aquel día pescamos muchos o no, pero de lo que sí me acuerdo es de que, mientras mi padre y yo esperábamos a que los cangrejos cayeran en los reteles para reponer los cebos y guardar los caídos en una cesta, yo le daba vueltas y más vueltas a aquella extraña palabra que acababa de oír por primera vez: *desaparecido*.

De la guerra, aunque muy poco, había oído hablar a la gente, pero de los desaparecidos era la primera vez. De hecho, ni siquiera sabía lo que significaba el término, aunque, cuando lo pronunció mi padre, hice como si lo conociera. Fue él mismo, años después, el que me desveló el enigma, pero hasta que llegó ese día yo le di vueltas y más vueltas sin atreverme a preguntárselo a nadie de mi familia y mucho menos de fuera de ella, por miedo a su reacción. Aunque ignoraba el significado de la palabra, sospechaba que era algo prohibido habida cuenta de la solemnidad con la que mi padre la pronunció aquel día.

Como es obvio, mi interés por el hombre de la foto aumentó aún más a raíz de aquello. A la curiosidad que sentía ya por saber su historia se unió el misterio que le añadió mi padre sin pretenderlo al referirse a él como *desaparecido*. Llegué a vincular el término con su forma de mirar desde la foto, de reojo y sonriendo levemente, incluso con su aspecto de aventurero (llevaba un pañuelo al cuello, a la manera de los vaqueros de las películas del Oeste), pero no terminaban de convencerme ninguna de esas interpretaciones. Mi hermano Ángel, que era mayor, me confundió todavía más al manifestarme, cuando se lo pregunté una tarde, que estar desaparecido era como ser fantasma pero sin acabar de serlo del todo. Sobra decir que, a partir de entonces, lo que aumentó en mí fue el temor que me producía entrar en el comedor a solas, cosa que no volví a hacer en bastante tiempo.

La noche que ahora recuerdo, mi sentimiento, empero, era diferente: en lugar de temor, sentía tristeza. Allí, sobre la mesa del comedor, metido en un ataúd, mi abuelo Ovidio permanecía inmóvil y todos en torno a él suspiraban o hablaban en voz baja. Era como cuando la abuela, al entrar a buscar algo en el armario, miraba al hombre de la fotografía y se ponía a llorar en silencio, sólo que ahora sin preocuparse de que los demás la viéramos. Lloraba suave, sin estridencias, como sólo llora la gente que sabe por experiencia que el llanto no arregla nada. Mi padre y sus hermanos, por su parte, reunidos todos por primera vez desde que se fueron yendo del pueblo, hablaban entre ellos o con algún vecino de éste que había venido a darles el pésame. El ambiente general era de una gran tristeza, pero no había gritos ni llantos desesperados, como recuerdo haber visto en otras situaciones como ésa. Sólo la abuela lloraba sin descansar y sin separarse ni un solo instante del ataúd en el que su marido permanecía ya ajeno a todo, incluso al hijo que le miraba desde la fotografía de la pared. Era el único de todos que no había venido a su velatorio.

Mientras mi madre me señalaba en el corredor, al que me llevó, ya digo, para alejarme de la tristeza que reinaba dentro de la casa, la estrella que según ella se había encendido en el cielo en el momento en el que murió el abuelo, yo buscaba sin decírselo la de mi tío el desaparecido, del que sabía ya algunas cosas. Sabía que era el mayor de sus cuatro hermanos, que trabajaba en casa con los abuelos cuando comenzó la guerra, que se echó al monte como otros muchos por miedo a los falangistas, que sembraban el terror aquellos primeros días por la región, y que, tras luchar en el monte durante un tiempo, desapareció sin dejar ni rastro, como les pasara a muchos. Nadie lo decía en voz alta, pero todos daban por hecho que estaba muerto, salvo la abuela, que se moriría esperándolo.

Tardé en verla, pero la encontré por fin. Después de observar cientos de ellas, todas igual de resplandecientes, todas temblando como los chopos o como la enredadera del corredor (bajo la noche de primavera, la tierra reverberaba como si estuviera viva), localicé la que sin duda era la estrella de mi tío Pedro. Lo supe porque aparecía de pronto y desaparecía de nuevo como le ocurría a él. La del abuelo, en cambio, que mi madre me indicó tras elegirla seguramente al azar, estaba fija y brillaba como las perlas de los pendientes que ella llevaba puestos aquella noche. Parecía recién creada de tanto como resplandecía.

—Cada noche la tienes que mirar. Así el abuelo seguirá vivo en el cielo.

Eso dijo mi madre aquella noche y eso le prometí yo que haría (solemnemente, como correspondía a mi edad entonces: nueve años, que acababa de cumplir), pero pronto me olvidaría de hacerlo, como, por otra parte, era natural. Es natural que el tiempo lo borre todo, desde los sueños a las promesas y desde las estrellas a las fotografías. De ese modo, poco a poco, la del abuelo se fue borrando en el cielo a medida que los años transcurrían, como le ocurriría también a la de la abuela, que se encendió por aquella época, y a la de mi hermano Ángel, que lo haría también muy pronto. Todas se fueron difuminando a pesar de mis esfuerzos por que eso no sucediera.

Todas menos la del tío Pedro. Con su luz intermitente y temblorosa y su dudosa corporeidad, la estrella de mi tío Pedro siguió brillando en el cielo y lo continúa haciendo tantos años después de aquella noche. Quizá tenía razón mi madre cuando me decía en el corredor de casa que, si miraba todas las noches la estrella del abuelo, que acababa de encenderse en el cielo según ella, éste seguiría vivo y, por eso, la de mi tío el desaparecido es la que sigue brillando más claramente o, por lo menos, con más intensidad. Sobre todo desde que hace algunos años han comenzado a exhumar los restos de los muertos de la guerra que todavía siguen ocultos por las cunetas y descampados de toda España. Quizá entre ellos estén los de mi tío Pedro y puede que un día aparezcan, aunque será difícil saberlo (ni siquiera se sabe si está muerto de verdad), y quizá, en ese momento, su estrella se apagará como las de las demás personas. Pero, mientras eso ocurre, mientras su paradero siga constituyendo un misterio igual que su propia muerte, mientras la tierra y la historia no lo sepulten como a las demás personas, su estrella seguirá parpadeando y brillando en el cielo cada noche como cuando se murió el abuelo y como ahora mismo, otra vez, entre los miles de estrellas que tiemblan sobre la Tierra.

Otra...

—¡Cuántas hay! —exclama Pedro, sobrecogido por la inmensidad del cielo. El niño está impresionado por la grandiosidad de este firmamento que parece apoyarse directamente sobre nosotros.

Desde hace rato, además, ni siquiera se ven aviones atravesándolo a baja altura camino del aeropuerto de Las Salinas o, al revés, del de Mallorca, que está en esta dirección, lo que hace que permanezca impasible. Y silencioso, como la isla. Sólo se oyen los grillos coser la noche con su canción y también, de cuando en cuando, a lo lejos, el ladrido de algún perro en alguna casa de campo y el sonido de los coches que pasan por la carretera. Está lejos de nosotros, pero el silencio es tan fabuloso que se puede oír hasta el mar. Ese mar que está ahí abajo, al pie del acantilado, pero que desde aquí no vemos por mor de su oscuridad. Y es que, mientras que el cielo está iluminado como un espejo por las estrellas, el mar está muy oscuro, igual que toda la isla.

—¿Cuántas crees tú que habrá? —le digo a Pedro, para animarle a seguir contándolas.

—No sé... ¿Millones? —me pregunta él.

Me lo pregunta y me hace pensar. No en las estrellas, que son millones, en efecto, o por lo menos así me lo parece, sino en él, que está creciendo y empieza a pensar también. Ha cumplido doce años y pronto será un adolescente.

Siempre me sorprende el tiempo. Más que el tiempo, su fugacidad. Como una de esas estrellas que cada poco surcan el cielo perdiéndose para siempre, mi vida se va alejando a velocidad de vértigo de la memoria que conservo de ella. Mi vida y las de los demás. La de Pedro, por ejemplo, que apenas ha comenzado, ya se desliza hacia su destino sin que yo me haya dado cuenta. Separado de él a la fuerza y sin posibilidad de verlo tanto como yo quisiera, apenas si he percibido que se ha ido haciendo mayor y que pronto abandonará la niñez. Esa niñez que seguramente él creerá interminable, como yo creía la mía cuando era como él y como he pensado también de la suya hasta esta noche.

Pero ahora me doy cuenta de que también él se hace mayor. Viéndolo mirar al cielo, tumbado sobre la manta que le he traído del hotel y que compartimos como dos amigos, siento que se va alejando del niño que aún sigue siendo y del que se despedirá muy pronto. Lo hará de un año para otro, como nos sucede a todos, y será el primer sorprendido. Luego vendrán las demás etapas: la adolescencia, la juventud, esa madurez primera que también te sorprende un día cuando menos lo deseas y la esperas y, en fin, la definitiva, que es la que sucede a aquélla y que termina ya en la vejez. Lo sé por propia experiencia, porque he pasado por casi todas.

Por eso siento vértigo de ver a mi hijo ahora aproximarse ya a la primera. Lo veo tan indefenso, tan feliz y desvalido al mismo tiempo, que me produce desasosiego pensar que eso sea así. Preferiría que se quedara siempre como es ahora, aunque sé que es imposible. Lo fue para mí mismo, que tuve una infancia larga (entonces todas lo eran, o me lo parecía a mí), cómo no lo va a ser para él, que la está viviendo a tirones, dividido entre su madre, con la que vive, y la nostalgia que sin duda debe de sentir por mí. Si a mí me hizo feliz que mi padre pasara unas vacaciones con su familia (en realidad, no eran unas vacaciones, sino una convalecencia, pero eso tardé en saberlo), cuánto más no le hará a él estar ahora conmigo compartiendo las estrellas de esta isla de la que yo le he contado tanto.

Le he contado casi todo: cuándo llegué, de qué forma, la manera en la que sobreviví al principio... Pedro me ha escuchado siempre como si fueran historias mías, como yo escuchaba a mi padre sus aventuras de la juventud. La diferencia es que las de éste eran casi todas tristes (la guerra, el hambre, la emigración...), mientras que las mías son más alegres. O por lo menos yo las recuerdo así. Lo cual es lógico teniendo en cuenta que corresponden a un tiempo en el que la vida me sonreía como ahora a Pedro.

Todo había comenzado un mes de julio, al acabar la universidad. Por fin había terminado mis estudios y, aunque desconocía qué haría a partir de entonces, cosa que me preocupaba, decidí tomarme unas vacaciones. Ya tendría tiempo cuando volviera de ver qué hacía con mi futuro.

Lo que ocurrió fue que aquel verano descubrí un mundo distinto. Toda la vida en el mismo sitio, toda la juventud estudiando, primero en el instituto y más tarde en la universidad, de pronto la libertad se me aparecía en forma de isla llena de buganvillas. Cierto que, durante algunos meses, la confundí con las vacaciones que en teoría estaba pasando allí, pero pronto me di cuenta de que era algo diferente. Tenía la sensación de haber vivido más en aquellos meses que en todo el tiempo anterior.

Mi padre me llamó para que volviera a casa, pero yo no le obedecí. Había decidido quedarme en Ibiza más, aunque aún ignoraba cuánto. Lo único que sabía es que quería vivir mi vida y para eso necesitaba sentirme lejos de mi ciudad. Aquella ciudad lluviosa, llena de humo y de chimeneas, que tan triste recordaba ahora.

Hoy la recuerdo, en cambio, con cierta melancolía. Como sucede siempre con todo, con el tiempo me reconcilié con ella y comencé a verla con otros ojos. Incluso aquella universidad que tan aburrida me parecía mientras estaba estudiando en ella se me ha vuelto con los años más amable y luminosa. Pero el verano que ahora recuerdo veía ambas como dos cárceles. De una —la universidad— me había librado por fin, y a la otra no pensaba regresar en algún tiempo.

De hecho, nunca volví. No a la ciudad, que lo hice, siempre por muy pocos días, mientras mis padres siguieron viviendo en ella, sino a la vida que dejé allí. Que, ésa sí, se terminó para siempre el día en el que embarqué hacia Ibiza, después de atravesar en autoestop media Península, en el *ferry* que partía de Denia al atardecer.

—¿Sigues contándolas?

—Me canso —me dice Pedro, mirando al cielo con esos ojos que me recuerdan tanto a los de su madre.

Otra...

Yo también me he cansado de contarlas. Tumbado en la cubierta, sobre las tablas del viejo *ferry* que hace la ruta de Denia a Ibiza, contemplo el cielo con gran asombro, deslumbrado por la profusión de estrellas. Nunca había visto tantas, ni siquiera en el pueblo de los abuelos, cuando era niño.

Era una noche muy calurosa. El trasbordador de Ibiza había zarpado de Denia con las últimas luces del atardecer y de inmediato cayó la noche, todavía a la vista de la Península. Pero pronto también ésta desapareció detrás y la noche se apoderó del barco, que navegaba en medio de la oscuridad. Poco a poco, sin embargo, empezaron a encenderse en el cielo algunas luces que enseguida lo cubrieron por completo, y el mar y el barco se iluminaron como cuando se encienden en un teatro, al comenzar o acabar la obra, las luces del escenario.

Y un teatro era el mundo aquella noche para mí. Con veintidós años recién cumplidos y sin haber salido apenas de Bilbao, aquella noche era la primera vez en la que de verdad sentía el olor de la libertad. Lo que hasta entonces conocía de ésta, como la mayoría de mis compañeros, eran aproximaciones, reflejos pálidos y fugaces de lo que imaginábamos había de ser: perdidas tardes de café y humo en la cafetería de la universidad, incursiones semanales en el laberinto de la parte vieja, donde reinaban los independentistas, excursiones de verano a las playas de Santurce o de Bermeo (o a los montes del Gorbea, alguna vez), encuentros sentimentales en casa de algún amigo cuya familia estuviera fuera o en la parte de atrás del coche que nuestros padres nos habían prestado, con o sin su consentimiento. Eso era lo que yo sabía de una palabra que repetía continuamente: la libertad.

Pero ahora la sentía, la palpaba. Sentía su olor a sal y a humedad oscura y honda que el mar que me rodeaba traía con cada ola y que la brisa que lo agitaba me restregaba contra la piel. Como cuando era pequeño, la noche me deslumbraba a pesar de su oscuridad. Así estuve varias horas, sin hablar con los pasajeros que habían salido a cubierta y contemplaban la noche como hacía yo. Seguramente irían pensando también en sus otras noches, aquellas que habrían marcado sus vidas y que, por eso, no podían borrar de sus cabezas.

Yo nunca pude borrar aquella noche de la mía. Aunque viviría otras muchas tan brillantes como ésa, incluso más espectaculares, nunca he olvidado la noche en la que conocí a la vez el mar abierto y la libertad. Tumbado en la cubierta de aquel *ferry*, mientras las olas batían el barco y mis pensamientos, iba absorto mirando las estrellas que parecían cubrirlo todo, incluido mi corazón. Yo era joven, la vida ardía a mi alrededor y por delante tenía todo un mundo por descubrir cuyo nombre era el de la isla hacia la que me dirigía.

En un momento dado, me debí de quedar dormido. Lo pienso porque, de pronto, dejé de oír el motor del barco y en su lugar un silencio inmenso se extendió sobre su cubierta y sobre el mar que lo rodeaba. Incluso las estrellas dejaron de temblar, como si, al hacerlo aquél, todo se hubiese parado. Fue cuando vi a mi tío, el que desapareció en la guerra, atravesar la cubierta con su capote de miliciano y su fusil a la bandolera entre los pasajeros que contemplaban la noche sin expresión, como si fueran maniquíes o muñecos. Mi tío traía una estrella en el gorro (ésta, roja en vez de blanca) y me miraba como en la foto del comedor de la casa de mis abuelos. Éstos, que aparecieron también tras él, ni siquiera me miraron al pasar. Cruzaron la cubierta detrás de él y siguieron caminando en el vacío, llevando a mi hermano Ángel de la mano, como si el mar y el viento los sujetaran lo mismo que a las estrellas. A la vez, una extraña luz se abrió paso en la distancia. Era Ibiza, todavía sin definir, puesto que seguía muy lejos, pero perfectamente identificable por su disposición geográfica: inclinada de nordeste a suroeste, con Formentera marcando el sur e infinidad de pequeñas islas rodeando toda su costa. Así la vi aparecer desdibujando las sombras de mis abuelos y de mi hermano, que seguían caminando tras mi tío en dirección a la eternidad, donde ya vivían, y así la vi desaparecer cuando los pasajeros del *ferry* se despertaron creyendo que ya llegábamos. Sólo yo seguí durmiendo, sabedor de que no era así y de que todavía faltaba otra eternidad para que nuestro barco recobrara el movimiento y nos trasladara a todos en dirección a nuestro destino. Que no era sólo la isla de Ibiza, sino el que ésta nos tenía reservado a cada uno.

Durante varios meses, yo la había imaginado a través de los folletos y los libros que había leído sobre ella. Libros antiguos, de cuando aún no era tan famosa, y recientes, propiciados por su explosión turística. Tanto unos como otros mostraban un mundo puro, lleno de sol y de libertad, si bien que, en los más recientes, más moderno y transformado por aquélla. Recordaba, sobre todo, una foto de una iglesia que era a la vez fortaleza encalada y enmarcada por un mar azul cobalto (debía de ser la de San Miguel) y otra de un acantilado con una playa en la que la gente parecía sacada de una película siciliana de la posguerra. Y, también, una de un campo de almendros en el que pastoreaba sus cabras una mujer vestida de negro, tan nevado de flores que me parecía un sueño. Quizá lo fuese, como la isla entera, puesto que no conocía a nadie que hubiese estado en ella antes que yo.

El barco seguía parado. Los pasajeros, recuperada su movilidad, contemplaban otra vez la noche, pero en silencio y sin expresión. Parecían fantasmas, como mi tío, o como los pasajeros de un buque hundido que hubieran regresado desde el fondo del océano después de años viviendo en él. Me pregunté quién sería cada uno, qué vendrían buscando a aquella isla que se anunciaba en el horizonte pero que no terminábamos de alcanzar...

Cuando me desperté, estábamos ya cerca de ella. Todavía era de noche, pero sus luces se abrían camino en el horizonte confundidas con las de las estrellas. Aun así, tardamos en llegar hasta sus costas. Amanecía cuando doblamos los islotes de Es Vedrá y el *cap* de Cala Llentrisca (los islotes parecían dos gigantes en la bruma) y era de día cuando avistamos por fin Ibiza, escondida en su bahía como un coral gigantesco.

Tras diversas maniobras, el *ferry* atracó en el puerto y los viajeros bajamos a tierra firme, bastantes de ellos, como yo, sin saber adónde dirigirnos. Se notaba que era la primera vez que llegábamos a la isla y que nadie nos esperaba en ella. Pero a mí aquello, lejos de preocuparme, me hacía sentir feliz, pues era libre para decidir mi vida. Libre por primera vez, pese a lo que antes creyera. Así que cogí mi bolsa, me la eché al hombro y comencé a caminar sin rumbo, pero sospechando ya que tardaría en volver.

Otra...

—¿Has visto ésa?

—No.

—¡¿No la has visto?!

Pedro me mira decepcionado. Me mira como recriminándome no haber visto la estrella que acaba de avistar él.

Pedro parece una sombra más entre las de los pinos. Son pinos nuevos, recién plantados, al revés que los olivos que aún pueden verse entre ellos. Si no fuera una obviedad, pensaría que unos y otros nos representan a mí y a Pedro.

Pedro aún es joven, está empezando a vivir. Yo, en cambio, ya estoy de vuelta, comenzando a bajar por la pendiente. Me he dado cuenta hace tiempo, pero esta noche me lo confirma.

Esta noche, el mundo gira de manera diferente a la habitual. Me refiero a la forma en la que lo hacía cuando era joven y, después, mientras vivía, primero aquí, en esta isla, y luego en otros lugares. Entonces, el mundo era una ruleta que daba vueltas sin detenerse, pero, desde hace ya años, aquella noria se ha convertido en una gran rueda que sólo gira si se la empuja. Y para empujarla hacen faltan fuerzas, esas fuerzas que a mí empiezan ya a faltarme. ¿Lo verá Pedro también así?

No. Pedro lo ve como yo hasta ahora, como lo veía cuando tenía su edad. Si se lo preguntara, me lo diría, aunque, evidentemente, no voy a hacerlo. No seré yo quien le decepcione y menos en esta noche tan especial.

Lo es por varios motivos. Para él porque está en Ibiza, de la que yo tanto le he contado, y porque está despierto a esta hora. Para mí porque estoy con él, que es algo que no puedo hacer tanto como yo quisiera. Por eso, para los dos esta noche es tan hermosa, pese a que para mí tenga un punto de melancolía. La que le dan mis recuerdos de otras y la que le proporciona la constatación de que pasará como todas ellas.

Pero Pedro no lo sabe y por eso mira al cielo con la fascinación de quien cree que el tiempo es eterno, como yo lo creí también. Y como lo seguiría creyendo si la edad no empezara ya a asustarme, algo que nunca creí que me ocurriría.

Durante muchos años, pensé que eso sólo les pasaba a otros, que el temor a envejecer sólo les afectaba a quienes me precedían en el escalafón del tiempo. A mis padres, por ejemplo, o a mis abuelos, antes que ellos. Pero cuando éstos desaparecieron, cuando se convirtieron en estrellas que brillaban en el cielo por las noches, cada vez con menor intensidad, comencé a sentir esa desazón que produce saberse ya en la primera fila.

Algo que siempre intento disimular, pero que me invade a veces, sobre todo en momentos como éste.

Es lógico que me ocurra. En esta isla y en esta noche el tiempo pesa más de lo que acostumbra, es más palpable que en otros sitios. Como los olivos viejos, eclipsados por los pinos, pero fuertes como los acantilados, los recuerdos de mi época en Ibiza brotan en la oscuridad demostrándome que los años que han pasado desde entonces son ya muchos, que el mundo ha cambiado tanto como la propia isla y como mi vida, que, como las ilusiones de aquella época, mi juventud se desvaneció en el momento mismo en el que me fui de aquí. Algo que yo ya sabía, pero que no esperaba ver con tanta crudeza.

Así que miro al cielo e intento olvidarme de ello. Pero no puedo. No logro apartar de mi recuerdo el eco de aquellos años ni los rostros de la gente que los compartió conmigo. Jóvenes como yo que creían que el tiempo era como el mar, inagotable y siempre volviendo. Cuando todo está en su lugar, cuando las buganvillas y las adelfas florecen todos los días y el sol alumbra sin excepción, cuando el amor y el sexo coinciden, ¿quién puede temer al tiempo? ¿Quién se puede sentir amenazado por su paso? Por eso nadie, que yo recuerde, hablaba de él en aquella época.

Y, sin embargo, desde hace años, no oigo otra cosa a mi alrededor. Continuamente la gente me habla del tiempo, ya sea en serio o de forma irónica; demostrando, en todo caso, su preocupación por él. Por eso, entre otras razones, he vuelto esta noche aquí: para recuperar un tiempo en el que el miedo aún no existía.

Pero la vida no tiene vuelta. Como la juventud o el viento, la vida pasa y nunca retorna por más que nos neguemos a aceptarlo, como les sucede a muchos. La vida es un iceberg que resplandece ante nuestros ojos y que se desvanece al punto como cualquiera de esas estrellas que cruzan el firmamento iluminándolo en su camino para desaparecer a continuación. Y así cada minuto y cada día hasta completar el ciclo. Y así cada minuto y cada año de las vidas de todas las personas. ¿Por qué desear, entonces, que los minutos y los años vuelvan cuando sabemos que no lo harán jamás? ¿Para qué sirve la melancolía?

Nos pasamos la mitad de la vida perdiendo el tiempo y la otra mitad queriendo recuperarlo, me dijo un día mi padre cuando ya a él le quedaba poco. Era en la época en la que ya estaba ingresado en el hospital, aniquilado por la quimioterapia. Yo había vuelto junto a él urgido por la situación y me pasaba los días acompañándolo para ayudar a mi madre, que se quedaba a dormir con él por las noches, y a mi tía, que lo hacía por el día. Desde que me fui de casa, mi padre y yo nos habíamos distanciado mucho (mi padre nunca aceptó la vida que había elegido), pero su enfermedad volvía a juntarnos, aunque fuera ya muy tarde para él. Y para mí. Siempre uno se arrepiente de no haber dedicado más tiempo a hablar con los que más quiere y a tratar de entender sus sentimientos, pero eso siempre sucede cuando ya es tarde. Así me ocurrió a mí y le sucederá seguramente a mi hijo. Es una de las leyes de la vida, de esta vida que vivimos sin entenderla hasta que ya ha pasado.

Pero, cuando mi padre me dijo aquello, yo vivía ajeno aún a estos pensamientos. A los veintinueve años, de los que la mitad los había vivido sin ser consciente de ello, creía aún en el infinito y que la vida era una ficción. Fue el declinar de la suya, tan inesperado y brusco, el que me hizo replantearme esa idea. Recordaba a mi padre fuerte como una montaña y verlo ahora tan destruido me situaba ante la verdad más dura. Por eso, cuando me dijo aquellas palabras, comprendí que, más que de él, estaba hablando de mí, aunque hice como que no me daba cuenta.

La verdad es que mi padre nunca había sido muy expresivo. Perteneciente a una generación crecida en la adversidad, la que vivió su infancia bajo las bombas, la que sufrió el hambre y las privaciones de la posguerra y experimentó después el desarraigo de la emigración (en su caso, primero en el extranjero y luego en su propia patria), mi padre era una persona que exteriorizaba poco sus sentimientos. Solamente cuando íbamos al pueblo parecía relajarse y entonces hablaba más, tanto con los vecinos como con su familia. Se ve que allí se sentía feliz, aunque, para su desgracia, tuviera que vivir lejos.

Pero aquellos días últimos, cuando, cercado ya por la enfermedad, veía que la existencia se le escapaba sin remisión a una edad en la que otros todavía siguen en plenitud, me abrió su corazón más de lo que lo había hecho hasta entonces. Y lo hizo sin reproches, sin recordarme mi alejamiento de aquellos años ni echarme en cara, como otras veces, ciertas actitudes mías. Al contrario, parecía como si las comprendiera, cuando, curiosamente, ahora era yo el que me arrepentía de ellas.

Hablamos mucho en aquellos días. O mejor, habló él y yo escuché, cosa que no había hecho hasta ese momento. Durante toda mi vida, a excepción de mis primeros años, cuando mi padre era para mí el hombre que lo sabía todo, apenas le había escuchado, pero ahora volvía a hacerlo como entonces, cuando me llevaba con él a pescar o al fútbol o me enseñaba desde la era de los abuelos, en su pueblo, aquella noche, los nombres de las estrellas que deslumbraban mis ojos como ésta los de mi hijo. Postrado y enflaquecido, mi padre ya no era ni la sombra del que fuera, pero su voz sonaba rotunda, como si se sobrepusiera a la ruina física. En el silencio de la habitación, solamente interrumpido por el goteo monótono de la medicación y por el ruido, afuera, de la ciudad, que continuaba su vida ajena a nosotros dos (siempre la enfermedad produce esa sensación: la de aislar a los que la sufren de un mundo que queda lejos), las palabras de mi padre retumbaban como piedras arrojadas a un estanque abandonado ya por toda la gente. Porque ni siquiera parecía decírmelas a mí. Parecía hablar para él mismo, si bien yo estaba presente y escuchaba lo que decía y él sabía que era así. Tan sólo en algunos momentos, cuando la enfermedad o la duermevela le sumían en un estado de confusión, hablaba realmente para él, sin dirigirse a nadie en concreto. Fue una de esas ocasiones cuando dijo aquella frase que me conmocionó hasta el punto de que la recuerdo aún:

—Nos pasamos la mitad de la vida perdiendo el tiempo y la otra mitad queriendo recuperarlo.

La dijo y se quedó en silencio. Yo también, lógicamente, pues ¿qué podía añadir a aquello? Ni él esperaba una respuesta mía, ni yo la hubiera tenido de haber sido de otro modo. Así que me levanté y me acerqué a la ventana de la habitación, detrás de la que anochecía como anochece siempre en Bilbao: con un color indeciso, mitad bruma mitad humo de las fábricas, y una mezcla de sonidos, pertenecientes unos al día y otros al anochecer; unos sonidos que se fundían con el del gotero que unía a mi padre a la vida, a la poca que le quedaba ya.

Mi padre se murió a los pocos días en el anonimato en el que vivió siempre. Su entierro fue tan común como el de cualquier persona: una misa en la parroquia, unas coronas de flores («Recuerdo de tu esposa y de tus hijos», decía una, ignorando la evidencia de que uno ya no podía recordar a nadie), un cortejo mortuorio que pasó por nuestra calle camino del cementerio, que estaba al final del barrio, y un responso pronunciado a toda prisa por el cura, que tenía otro entierro a continuación; pero yo ya sabía que mi padre no había sido un hombre más, que en su introversión guardaba un alma llena de dudas y un espíritu capaz de pensamientos tan trascendentes como este que ahora recuerdo. Ahora que yo también comienzo a pensar lo mismo: que el tiempo nunca retorna y que ésa es la razón de la melancolía del hombre.

—¿Tienes frío? —le digo a Pedro, más que porque lo sospeche, por interrumpir el flujo de mi memoria.

—No —me contesta él.

—¿Y sueño?

—Tampoco.

Son las mismas preguntas que me hacían mis abuelos en el huerto de la casa hace ya un millón de años, las mismas que se repiten seguramente en este momento en muchos lugares y que se repetirán todos los veranos mientras el mundo siga girando y haya padres con sus hijos contemplando las estrellas como ahora Pedro y yo.

Las mismas cosas que éste le preguntará posiblemente a su hijo dentro de unos cuantos años. Es la rueda de la vida, que gira y gira sin detenerse, pero que nunca vuelve hacia atrás por más que lo deseemos.

Otra...

—Cada estrella que pasa —dijo Otto— es un verano de nuestra vida.

—No —le corrigió Nadia, su novia, sin dejar de mirar al cielo—. Cada estrella que pasa es una vida.

¿Quién tenía razón de los dos? ¿Los dos acaso o quizá ninguno del todo? ¿Con cada una de las estrellas que surcaban el cielo sobre nosotros se iba un verano o una vida entera? Y, si era una vida entera, ¿la de quién?

Mientras miraba al cielo sin decir nada, pensaba en esas cuestiones, que eran preguntas sin destinatario, puesto que yo era el único que podía oírlas. Los demás seguían callados, tumbados cara al cielo en las hamacas, sin moverse más que para pasarse el porro. Era la única luz que nos alumbraba.

Ésa y la de las estrellas. ¿Qué estaría pensando cada uno de los otros? ¿Pensarían lo que yo en aquel momento, o por su cabeza pasarían cosas distintas, como por otra parte era natural? Unos éramos aún jóvenes y otros ya estaban en la treintena; unos éramos españoles y otros eran extranjeros; unos vivíamos solos y otros en grupo o con sus parejas.

Nos hallábamos tumbados en la playa, de cara al mar de Cala Salada. Éramos una docena y estábamos solos desde hacía rato. Los turistas habían abandonado la playa al atardecer y el merendero estaba cerrado. Solamente sus sombrillas permanecían abiertas en torno a nosotros como testigos mudos de su existencia.

Joan, el único ibicenco de aquel grupo, había asado unas sardinas (lo hizo sobre una hoguera que preparó con palos y ramas secas) y, después de comerlas, nos tumbamos para ver la lluvia de estrellas. Llevábamos así cerca de una hora. Quizá más, dada la posición de la luna. Cuando llegamos, apuntaba hacia San Juan y ahora lo hacía hacia Santa Eulalia. Aunque a nadie nos importaba su movimiento, como tampoco nos importaba el de nuestras vidas, no sólo aquella noche, sino desde que habíamos recalado en esta isla. Quién más, quién menos, ya se había contagiado de su tiempo, que nada tiene que ver con el de otros sitios.

Salvo Joan, éramos todos de fuera. De la Península, la mayoría, aunque también los había extranjeros: Otto y Nadia, por ejemplo, o Daniel, el argentino que vivía de vender a los turistas bisutería y bolsos de cuero.

Fue éste el que les contestó a los dos:

—Decía mi abuela, que era italiana, que las estrellas son las almas de la gente que murió navegando en alta mar.

No sé si alguien le respondió. Seguramente, durante un tiempo, el silencio sucedió a su confesión, como ocurría a menudo en aquellas noches. La marihuana solía sumirnos en un estado de postración que hacía que todo nos supusiera un enorme esfuerzo. Sobre todo con el mar arrullándonos con su murmullo.

Era un mar lento, cansado, tan negro como la noche y sin luces que lo iluminaran. Solamente, en la distancia, el faro de Conejera rompía la oscuridad, más guiando a los turistas perdidos por las caletas que a los pocos pescadores que aún quedaban en la isla. La mayoría había dejado el oficio para dedicarse a otros más productivos.

—Mi abuelo —intervino Joan— era pescador. Por aquí, por esta costa. Y recuerdo haberle oído que, algunas noches, por este tiempo del mes de agosto, se veían en el cielo estrellas con rostros de hombre.

—Claro: los de los marineros muertos... —dijo Otto, siempre amigo de las fabulaciones.

Yo lo era también en aquella época. Conservaba todavía el eco de las historias que me contaban de niño mis abuelos y sus vecinos cuando iba al pueblo de vacaciones. Historias que también tenían que ver con aparecidos, no en el mar, sino en el campo, que era el mar que ellos vivían. El de verdad ni siquiera lo conocían muchos de ellos.

Cerré los ojos, como ahora hago, dejándome llevar por aquel recuerdo. En mi imaginación surgieron estampas de aquellos años, tan diferentes de los que ahora vivía. ¡Qué lejos quedaba todo!

Pensé que Nadia tenía razón; que, contra lo que pensaba Otto, cada estrella que cruzaba por el cielo no era un verano de nuestras vidas, sino la vida de una persona, que se nos aparecía de nuevo. Porque los hombres viven dos veces, una en la tierra y otra en el cielo, como me decía mi madre. ¿O qué me sugería sino eso cuando me enseñó desde el corredor de casa la estrella del abuelo, la noche en que éste murió?

—Os propongo una idea —dijo Otto.

—¿Cuál? —le preguntó Daniel en la oscuridad.

—Que cada uno cuente un verano. El mejor verano de su vida.

—Me parece bien. ¿Quién empieza? —se entusiasmó Nicole, la francesa. Se ve que ya estaba harta de mirar al cielo sin más.

—Yo mismo —se ofreció Otto.

—Cuando caiga una estrella, empiezas.

La historia que contó Otto fue la de aquel verano en el que conoció el amor. Fue en Múnich, donde estudiaba y donde vivió hasta que vino a Ibiza buscando el sol que allí no tenía.

La siguiente en hacerlo fue Nicole. Contó unas vacaciones en Provenza en las que se enamoró también por primera vez («¡Cómo olía la lavanda!», suspiró), y a continuación le siguió Daniel, contándonos el verano en el que sus padres le trajeron por primera vez a Europa para que conociera el lugar del que procedían: una aldea de Sicilia muy cerca del volcán Etna. Su recuerdo era tan fuerte que, nos dijo, todavía le asaltaba cada poco.

Cuando me llegó mi turno, ya casi todos habían hablado. Pensé qué verano contarles yo. Después de escuchar los suyos, todos me parecían faltos de cualquier misterio o, por lo menos, poco interesantes. Finalmente, tras dudarlo, decidí contar aquel en el que mi padre me acompañó a las eras del pueblo para ver la lluvia de estrellas.

La verdad, no sabía por qué había elegido ése. Podía haber contado otro, el que llegué a Ibiza, por ejemplo, o, como Nicole y Otto, en el que descubrí el amor (tenía catorce años y había ido de excursión con el colegio para celebrar el final de curso), pero opté por contar aquel cuya sola evocación me devolvía el olor del lúpulo como a Nicole el de la lavanda o a Jesús, el andaluz, el del esparto que sus padres buscaban en el monte para vendérselo a los fabricantes de cuerdas y de serones que pasaban por las sierras de Granada y de Almería recogiéndolo. Quien más, quien menos, todos teníamos un olor vinculado al recuerdo del verano más feliz de nuestra vida.

Me quedé pensando en el mío. Como ahora he hecho mientras mi hijo miraba el cielo a la caza de otra estrella pasajera, me quedé pensando en aquel verano que acababa de evocar como el mejor, no sólo de aquellos años, sino de mi vida entera. Y ello sin saber por qué, como no fuera porque mi padre estaba conmigo entonces.

Si me hubiese oído él, sin duda habría sonreído. Alejados como estábamos desde hacía ya algún tiempo y sin apenas contacto desde que me vine a Ibiza (mi madre era la que me llamaba siempre), mi padre se habría extrañado de saber que le recordaba aunque fuera en la imagen que de él tenía de niño; aquella imagen de hombre todavía joven que se pasaba el día trabajando, pero que, cuando regresaba a casa, tenía tiempo para jugar con sus hijos. No como ocurriría después, cuando la edad y las circunstancias le volvieron más callado y más serio y taciturno de lo que era de por sí.

¿Por qué lo había recordado? ¿Por qué había yo evocado, como ahora acabo de hacer de nuevo, aquella noche con él, cuando nunca lo había hecho en muchos años?

Me volví a mirar a los otros, que seguían a lo suyo, fumando y mirando al cielo. Me pareció que estaban tan lejos como el faro que seguía destellando en la distancia señalándoles a los barcos la cercanía del litoral. Tanja contaba en aquel momento (con su fuerte acento holandés, tan lleno de erres y jotas, que la cerveza le acentuaba) el verano en el que viajó a Japón, donde su padre estaba destinado (era ingeniero, nos explicó), pero yo navegaba en mis pensamientos muy lejos de ella y de mis amigos. Y lo hacía a lomos del tren que unía Bilbao con León y en el que mi familia y yo viajábamos cada año en el verano y por Navidad. En Navidad venía también mi padre, que nos mostraba desde la ventanilla las estaciones y los lugares que el tren, primero, y el autobús que tomábamos al llegar a la última, después, iban cruzando en su recorrido y cuyos nombres se sabía de memoria. Tantas veces había hecho el mismo viaje, primero solo, cuando aún estaba soltero, y luego con mi madre y con nosotros, cuando formó su familia.

—Balmaseda... Espinosa de los Monteros... Arija, la del pantano... Mataporquera... Aquí se cruzan los trenes que vienen de Santander —nos explicaba en aquellos viajes que duraban cinco o seis horas y que se prolongaban luego otra más en el autobús que unía León con su pueblo. Eran viajes muy penosos, pero que yo vivía con la emoción del que descubre un mundo distinto; un mundo libre de humos y del paisaje gris que veía a diario. Sobre todo en Navidad, cuando la nieve lo cubría todo.

En la parada del pueblo, que estaba en la carretera, a un kilómetro de él, mi abuelo nos esperaba desde hacía rato, los primeros años con el caballo, al que nos subía a los más pequeños, y luego solo, cuando lo vendió. La abuela, por su parte, lo hacía en casa, con la cena preparada también desde hacía ya horas.

—Cuando yo venía solo —le recordaba al abuelo entonces mi padre con ironía—, no había nadie esperándome en el cruce...

—Tú eras mayor —le contestaba el abuelo, que, aparte de que lo hacía por sus dos nietos, lógicamente, cuando mi padre estaba soltero trabajaba todavía y no tenía tanto tiempo como ahora para salir a esperar a nadie a la carretera.

—O sea, que, cuando me haga mayor, ¿tampoco vendrás a esperarme a mí? —le preguntaba yo, convencido de que sería de esa manera.

—A ti sí —decía el abuelo.

¿Por qué recordaba eso? ¿Por qué, en aquella playa de Ibiza, tan lejos de los paisajes que mi memoria me devolvía como las olas hacen con los ahogados, yo recordaba en aquel momento aquellos viajes en tren y el encuentro con el pueblo de mi padre mientras a mi alrededor la gente hablaba de cosas muy diferentes? ¿Qué extraño mecanismo se había disparado en mi cabeza?

Desde hacía años, conscientemente, huía de los recuerdos convencido de que los míos carecían de interés, pero también porque recordar me parecía, además de inútil, algo impropio de gente como yo. Seguro de las dos cosas, vivía, pues, como si cada día fuera el primero de mi existencia, una actitud que en Ibiza llevé al extremo de llegar a dudar de si la existencia que había vivido hasta aquel momento había sido real. Por eso me sorprendía que recordara con tanta fuerza escenas tan primitivas y tan intrascendentes como la que había contado. ¿Qué le importaba a la gente lo que yo hubiera sentido hacía ya siglos contemplando las estrellas con mi padre una noche de verano como aquélla, si yo mismo lo creía insustancial?

Me incorporé para ver el faro. Pensé que, al volver a verlo, la realidad me devolvería al tiempo en el que estaba ahora y a la playa en la que me encontraba. Y así fue por unos segundos, pero enseguida ambos volvieron a deshacerse. Y, tras ellos, volvieron a aparecérseme imágenes de aquel tren que cruzaba lentamente las montañas conmigo en uno de sus asientos, de la llegada al pueblo de los abuelos después de horas, del camino hasta la casa andando o a lomos de aquel caballo que sabía el recorrido de memoria, de las tardes en el río y las noches jugando a los tres marinos a los que otros tres iban a buscar por los pajares y callejones de un pueblo antiguo cuyos vecinos nada sabían del mar, de aquella noche de San Lorenzo contemplando las estrellas con mi padre en pleno campo...

Fue en este instante cuando la descubrí. Entre Casiopea y Orión, abriéndose paso entre las demás estrellas, resplandecía como una perla pequeña y muy desgastada, pero que todavía destella; una perla desgajada de un collar cuyo hilo se rompió en algún momento. Era la misma de aquella noche en el corredor de casa (cuando se murió el abuelo), la misma que reflejaban los pendientes de mi madre en la oscuridad del pueblo, la misma que descubriría otra noche, ésta de otoño, muy posterior, por la ventanilla de aquel Simca 1500 en el que mi familia y yo volvíamos a Bilbao después de haber enterrado a la abuela y de cerrar la casa con llave, quién sabe si definitivamente.

Me incorporé para verla bien. Era la misma, sin duda alguna, la misma estrella que aquella noche brillaba como una perla en la inmensidad del cielo mientras el coche cruzaba los fríos páramos de Castilla, tan amarillos en el verano y ahora tan grises, aunque ésta parecía más pequeña y temblorosa, más apagada que en aquel tiempo. ¿Qué me quería decir? ¿Por qué se encendía de nuevo, aquella noche de agosto, después de años sin hacerlo? ¿O no sería, al revés, que siempre había estado allí esperando a que yo me fijara en su resplandor?...

Cerré los ojos con ella dentro. De inmediato desapareció su luz, pero al momento volvió a brillar como antes. Y lo mismo pasó con las demás. Poco a poco, todo el cielo volvió a iluminarse entero, sólo que ahora dentro de mis ojos. ¿O era en mi imaginación? Porque, de pronto, surgiendo de cada estrella como si fueran calcomanías, de aquellas que de pequeño pegaba a los azulejos del baño o de la cocina para entretener las noches, comenzaron a transparentarse imágenes, rostros que me miraban desde la inmensidad del cielo como los de los marineros muertos que decía la abuela de Daniel, el argentino. La mayoría eran de desconocidos, pero a otros los reconocí enseguida. Allí estaban mis abuelos, el uno al lado del otro, como vivieron toda su vida. Allí estaba mi tía Carmen, la mayor de los hermanos de mi madre, que lo fue a su vez para ella. Y Ramiro, el amigo de mi padre, con el que emigró a Suiza. Y Ángel, mi único hermano y mi mejor amigo mientras vivió... Y allí estaba mi tío Pedro, el que desapareció en la guerra, igual que en el retrato que mi abuela quiso llevarse a la tumba con ella cuando se fue. De repente, todo el cielo se había llenado de rostros, como el del mar de Sicilia las noches del mes de agosto al decir de la abuela de Daniel, el argentino, pero yo era el único que los veía. Los demás seguían hablando alrededor de mí como si tal cosa.

Lógicamente, pensé que era un espejismo, una alucinación producto de la cerveza y la marihuana, cuyos efectos distorsionantes no me eran nuevos, pero pronto me di cuenta de que todo era real: la playa, el faro, las olas, los árboles de la costa, las luces de los aviones y de los barcos en la lejanía y aquellos rostros que me miraban desde la inmensidad del cielo como si fueran calcomanías surgidas de las estrellas. ¿Qué me querían decir? ¿Por qué el mundo de repente se había quedado en silencio y ahora estaba habitado por fantasmas? ¿Qué había pasado en el cielo para que una simple evocación, la de mi padre enseñándome en las eras de su pueblo las estrellas, hubiese borrado éstas como si fueran lágrimas bajo la lluvia? ¿O eran, al contrario, ellas las que se convertían en lluvia, una lluvia de recuerdos que amenazaba con borrarlo todo?...

—¿En qué piensas?

—En ti —respondo abriendo los ojos. Nicole se refleja en ellos enmarcada por un millón de estrellas.

Otra...

—¿En qué piensas? —le pregunto yo ahora a Pedro, volviendo de aquella noche.

—En nada —me responde él.

Lo ha dicho tan convencido que me pregunto si no será verdad. A su edad yo habría dicho también lo mismo, porque, como él, no pensaba en nada. Y si pensaba en algo, no lo recuerdo.

A la edad de mi hijo Pedro, yo no imagino que pudiera pensar en otra cosa que no fuera el presente, puesto que los otros tiempos no existían todavía para mí. El pasado era una idea cuya naturaleza se me escapaba y el futuro sólo llegaba hasta donde alcanzaba el día. O la noche, cuando no podía dormirme.

En qué momento empecé a saber de la existencia de los tres tiempos que rigen nuestra conciencia es algo que no puedo precisar; pero sí puedo, ahora que pienso en ello, imaginar cómo era mi vida antes de que eso ocurriera. Y ello no porque me acuerde aún de cómo discurría mi existencia cuando tenía la edad de Pedro, salvo en algún momento concreto, sino porque recuerdo mis años en esta isla, cuando el tiempo tampoco era como es ahora. Cuando uno es joven y vive ajeno a la realidad, cuando las estaciones pasan sin grandes cambios ni alteraciones, como si fueran nubes en día sin viento, cuando la felicidad consiste en dejarse arrastrar por los sentidos, uno percibe sólo el presente, y el futuro y el pasado pasan a un segundo plano, cuando no desaparecen por completo. Es como en medio del mar, donde sólo existe éste.

Mis primeros años en Ibiza se sucedieron, pues, como las estaciones: sin grandes cambios ni alteraciones, por lo menos que yo recuerde ahora. Los días transcurrían dulcemente y las noches, que los unían, no como ahora, que los separan, eran una sucesión de sueños, sin que el anochecer ni el amanecer marcaran una frontera muy definida entre ellos. Pronto conocí a la gente con la que compartiría aquel tiempo y con ella iba y venía por la isla descubriendo sus calas y sus rincones. Yo vivía, como todos mis amigos, sin preocuparme por el futuro y mucho menos por el inmediato. Como en la escena del Evangelio, la isla proveería...

En verano, cuando ésta se llenaba de turistas, apenas si dormíamos a veces. A los que aquí vivíamos se sumaban amigos llegados de la Península y de otros muchos lugares y unos y otros pasábamos las noches de fiesta en fiesta en un carrusel sin fin que recorría la isla de costa a costa. Eran fiestas programadas o espontáneas que se enlazaban unas con otras y a las que a nadie se le prohibía el acceso.

Aunque, a decir verdad, yo prefería el otoño. Me gustaba más ese tiempo en el que Ibiza se sosegaba después de meses de agitación y en la isla sólo quedábamos los ibicencos (los naturales y los sobrevenidos). Era el tiempo de los baños en las playas solitarias, de los paseos por el interior, del descubrimiento de una sociedad que había pasado en muy pocos años de la Edad Media a la Modernidad; una sociedad perdida que, pese a su singularidad isleña, me recordaba tanto a la de mis antepasados.

Me acuerdo de que, en ese tiempo, en los meses de otoño y del invierno, recorría la isla empapándome de su tranquilidad y disfrutando de unos paisajes que siempre me fascinaron por su pureza y su perfección. Las casas blancas, las carreteras, los campos de tierra roja salpicados por el verde de algún árbol o cultivo, los rebaños diminutos (no más de seis u ocho ovejas) acompañados, más que cuidados, por los payeses, los colmados y las plazas de los pueblos, las barcas de los pescadores, me trasladaban a un mundo arcaico y tradicional que desaparecía en verano y, poco a poco, también de la realidad. Fue cuando comencé a escribir, primero como entretenimiento y luego ya envenenado por la pasión que se convertiría en mi profesión al correr del tiempo.

Le contaría a Pedro lo que sentía, lo feliz que me hacía entonces oír el rumor del mar, el sonido de las olas en cualquier puerto de pescadores, el de la brisa en los algarrobos y en las higueras, el de los aviones al atravesar el cielo, pero no me entendería. Como tampoco comprendería mi desinterés por todo lo que no fuera mi vida aquí. Pedro aún piensa, por su edad, que el mundo es grande, apasionante y que hay que conocerlo todo. Por eso, prefiero no defraudarlo y dejar que descubra por sí mismo la vacuidad de las ilusiones que perseguimos desde que nacemos, que tropiece como yo en cada peldaño de la escalera que recorremos en el camino a ninguna parte que es la existencia. ¿Quién soy yo, aparte de su padre (un padre al que apenas ve), para anticiparle el tiempo?

Recuerdo que una vez, cuando tendría cinco o seis años, le llevé a un parque de atracciones. Era domingo y hacía sólo unos meses que me había separado de Marie. Pedro aún no comprendía por qué no vivía con ellos y pensaba que estaba trabajando todo el día. Era lo que le decía su madre para engañarlo y que no sufriera.

En el parque de atracciones, se subió a todas las que quiso, pero hubo una que lo asustó. Era una noria pequeña, pintada como en los cuentos, que iba a muy poca velocidad, mas a Pedro le debió de parecer vertiginosa porque, en cuanto comenzó a dar vueltas, rompió a llorar y a llamarme, presa del pánico que sentía. Yo intenté tranquilizarlo, le grité que se agarrara a la correa de sujeción, pero él no me escuchaba; sólo lloraba y gritaba llamándome con desesperación. Tanta que corrí a pedirle al encargado de la atracción que la detuviera para bajarlo de ella, cosa que éste hizo enseguida con el correspondiente alivio de

Pedro y mío. Yo también estaba a punto de ponerme a gritar presa del pánico.

Aquella escena me persiguió durante bastante tiempo. La visión de mi hijo aterrorizado por la velocidad y el vértigo de aquella noria infantil junto con la mía propia pidiéndole al encargado que la parase para poder bajarlo de ella me acompañó muchos años una vez que, alejado de Pedro, ya no podía ir en su ayuda cuando tuviera miedo o se encontrara en algún peligro. Todavía me asalta, de hecho, de tarde en tarde, especialmente las noches en las que no consigo dormir. Esta noche, sin embargo, aunque no duermo, mi hijo está conmigo y podría protegerlo, pese a lo cual me vuelve a asaltar, pues el peligro es muy diferente. Es el peligro de que descubra, como todos descubrimos algún día en nuestra vida, que el tiempo no es algo inerte, que avanza y gira como las norias, cada vez a mayor velocidad, y que eso produce una desazón de la que ni yo ni nadie podremos rescatarlo como aquel día en la atracción de feria.

Menos mal que, de momento, Pedro está aún lejos de percibirlo, como está lejos de sospechar que cada estrella que cruza el cielo sobre nosotros buscando la eternidad es una vida que desaparece.

—¡Qué rápido pasan todas! —exclama con admiración.

Otra...

—¡Me gustaría que se parara el tiempo!

Marie me abraza y mira hacia la ventana, por la que apenas entra la luz. Es mediodía, pero las contraventanas impiden que el sol irrumpa en la habitación de este hotel de Nápoles en el que estamos desde hace días. Es nuestro primer viaje juntos, en el que vamos recorriendo Italia.

Ayer fuimos a Pompeya. Paseando por las calles que la lava del Vesubio dejó intactas, como si el tiempo se hubiese detenido bajo ella, revivimos la vida de los pompeyanos, aquellos que sucumbieron a la furia desmedida del volcán o de los dioses. Rodeados de cientos de turistas, visitamos los lugares más emblemáticos de la ciudad (el circo, el foro, el teatro, los calabozos de los gladiadores...) y entramos en las casas en las que todavía perviven, junto con el espíritu de sus dueños, sus objetos personales y domésticos. Ni Marie ni yo conocíamos Pompeya y lo mirábamos todo con el asombro del que descubre, no unos restos arqueológicos, sino la vida de una civilización perdida. Allí estaban, petrificados para la posteridad, los templos con sus estatuas y sus mosaicos originales, los baños y las panaderías, las casas públicas y las de prostitución, las villas y las tabernas, tal como eran en el momento de la erupción. Pero lo que más nos impresionó de todo, como supongo le ocurrirá a mucha gente, fueron esas dramáticas figuras (hombres, mujeres y niños, pero también algún animal doméstico) que quedaron inmóviles para siempre en la postura en la que los sepultó la lava. Según nos contó la guía, las que se pueden ver se conservan gracias a la intuición de un trabajador que, extrañado del gran número de huecos que surgían en la lava al excavarla, decidió rellenar uno de ellos con yeso líquido que, al secarse, reprodujo la figura de una persona. A partir de ahí, comenzaron a aflorar docenas de figuras más cuya visión espanta aún por su dramatismo, pues parece que aún intentan escapar a su destino después de siglos bajo la lava: hombres tratando de huir; mujeres en ademán de proteger a sus hijos del peligro que se les viene encima; perros que se retuercen atados a sus cadenas; ancianos que aún intentan escapar con sus riquezas o que elevan sus brazos hacia el cielo implorando el auxilio de los dioses... Un espectáculo sobrecogedor que los turistas contemplan con emoción, pero que enseguida olvidan, sabedores de que sólo son reproducciones en escayola.

Hubo una, sin embargo, que a mí me impresionó particularmente. O, mejor dicho, dos, pues dos eran las figuras, aunque el abrazo en el que quedaron para la posteridad las hiciera parecer una única escultura. Según explicó la guía, se

trataba de dos enamorados que decidieron morir
así para perpetuar su amor por toda la eternidad,
al ver que les era imposible escapar a una muerte
cierta. La guía siguió camino con todo el grupo
detrás, pero yo me quedé un rato mirando a
aquéllos, impresionado por su veracidad. Aun
siendo reproducciones en escayola, conmociona-
ban su amor y su dramatismo.

Pensé en ellos cuando Marie exclamó en
la habitación del hotel de Nápoles, después de
hacer el amor por segunda vez ese día (era el
tiempo de la felicidad), que le gustaría que se parara el tiempo. Porque, lejos de agradarme aquella idea, sentí un rechazo instintivo. No se lo
dije, lógicamente, ya que la habría decepcionado,
pero la visión de los dos abrazados para siempre
como aquellas dos figuras de Pompeya me pro-
dujo una desazón inmensa, como si me viera
muerto. No era la primera vez que experimenta-
ba esa sensación, pero sí con ella, de la que tan
enamorado estaba.

La había conocido aquel invierno en la
Universidad de Aix-en-Provence, para la que trabajaba entonces. Ella era una joven profesora y
yo un lector de Español cansado de un trabajo
inestable y mal pagado, pero del que vivía desde
hacía tiempo. Y que me había llevado por toda
Europa. Sin el doctorado hecho y sin ganas de
ponerme a hacerlo ya (aparte de que necesitaba
ganar dinero, llevaba años sin estudiar), fue el
único trabajo que encontré cuando regresé de

Ibiza después de casi diez años viviendo aquí. Me lo ofreció un amigo de juventud al que reencontré en Bilbao y que acababa de dejar libre la plaza que había ocupado hasta ese momento en la Universidad de Bari, en el sur de Italia.

Cuando llegué a la de Aix, había recorrido ya unas cuantas. A universidad por año (tan sólo en una ocasión permanecí más de uno en el mismo sitio: fue en la de Bari precisamente), había recorrido media Europa y estaba ya cansado de vagar de un sitio a otro y de sentirme cada vez más solo; dos cosas que al principio me gustaban, pero que poco a poco comenzaron a pesarme más y más. No es extraño, pues, que me enamorara de aquella profesora encargada por la universidad de recibirme y de ayudarme a instalarme en la ciudad.

Era hija de emigrantes españoles, de ahí que hablara español a la perfección. Eso sí, con suave acento francés, lo que la hacía aún más atractiva. Por lo que luego llegué a saber, muchos profesores estaban enamorados de ella, e incluso algunos alumnos, aunque Marie no le hacía caso a ninguno. Tuvo que ser aquel lector cuarentón, sin ningún atractivo a primera vista y sin un currículum meritorio (salvo que se considerase un mérito haber rodado por media Europa), el que despertara en ella la curiosidad que les negaba a aquéllos, primero, y, luego, el sentimiento que él ya sentía por ella prácticamente desde que la conoció.

Comenzamos a vivir juntos muy pronto. En un pequeño pueblo de la Provenza rodeado de campos de girasoles. Parecía dibujado por un impresionista. Desde él nos desplazábamos a Aix cada mañana en el pequeño coche que Marie había comprado para ello, un Peugeot de segunda mano, aunque a veces nos quedábamos a dormir en la ciudad, en casa de alguna amiga de ella. Nos gustaba también vivir la noche, que en Aix es siempre muy animada. En eso se diferenciaba poco de las ciudades que yo había conocido por Europa, todas universitarias y por eso mismo todas llenas de jóvenes.

El problema para mí es que yo ya no era joven. Al contrario que Marie y que sus amigos, que rondaban la treintena todos ellos, yo había dejado la juventud atrás hacía tiempo y ello sin darme cuenta siquiera (el contacto continuo con estudiantes unido a mi peculiar estilo de vida: cada año en una ciudad, cada curso comenzando de nuevo en otro país, a veces en otro idioma, con otros alumnos siempre, me había hecho sentirme inmune a algo que los demás sí perciben, que es el paso del tiempo por sus vidas). Algo que ahora se me presentaba como una evidencia, tanta era la diferencia de edad con aquéllos. Y con Marie, que era la menor de todos.

Tenía veintiocho años. Procedía de la zona de Burdeos, donde su familia continúa viviendo (sus padres, que son gallegos, emigraron a Francia siendo muy jóvenes, como hizo el mío a Suiza, pero, al contrario que éste, se quedaron definitivamente allí), si bien llevaba años viviendo en Aix, a cuya universidad se trasladó para estudiar y a la que terminó incorporándose como profesora. Cuando yo la conocí, escribía su tesis doctoral (sobre la poesía de Manoel Antonio, un marino y poeta coruñés que murió muy joven y del que yo oí hablar por primera vez a ella) pero ya daba algunas clases, cosa que hacía con gran responsabilidad. Las preparaba durante horas, como si fueran auténticas conferencias.

Al contrario que Marie, yo cumplía a duras penas con las mías. Había vuelto a escribir después de años sin hacerlo (las dificultades para publicar me habían hecho dejarlo) y me interesaba más mi afición que el trabajo que me daba de comer; un trabajo que cada vez me frustraba más, pues, aparte de aburrido y de poco interesante (no lo es enseñar a pronunciar las mismas palabras y frases a estudiantes siempre diferentes, pero a la vez iguales a los anteriores), me quitaba tiempo para escribir. Eso y Marie, cuya silueta esbelta ante el ventanal concentrada en su trabajo me impedía hacer lo propio, tan enamorado estaba de ella. Por primera vez en mi vida, dependía de una mujer que a la vez dependía también de mí.

Por eso me sorprendió mi rechazo a su idea de quedar abrazados para siempre en aquel hotel de Nápoles cuyas contraventanas nos ocultaban y apartaban de la vida, que bullía con fuerza detrás de ellas (el hotel estaba en el mismo centro). En lugar de trasladarme a un paraíso en el que el tiempo ya no existía, ni, por lo tanto, la muerte ni el desamor, esas dos lacras que lo acompañan como la sombra al sol y a la fantasía, me transportaba a un mundo inquietante, a un paisaje inamovible y desolado en el que sólo la muerte reina, como en las noches de luna llena en el firmamento. La imagen de los dos enamorados de Pompeya se me aparecía ahora como la de la desolación final, envuelta en un humo blanco, que era el del tiempo al desaparecer. Y lo hacía —mientras yo miraba al techo, con Marie abrazada a mí, sudorosa y jadeando todavía después de su nuevo orgasmo— con nuestros rostros en lugar de con los de aquéllos, que se habían borrado como sus vidas. Como se borrarían los nuestros cuando nos sustituyeran otros.

El viaje siguió su curso y nuestra vida después de él, pero aquella imagen de ambos abrazados en una eternidad de yeso me volvería a asaltar muchas veces. Se me aparecía en la noche, incluso, en ocasiones, a plena luz del día, y me llenaba de una turbación extraña, un sentimiento de irrealidad como el que sentí en Pompeya; un sentimiento que me desasosegaba tanto como el que experimenté aquel día en la habitación del hotel de Nápoles en el que Pedro empezó a nacer.

Y, sin embargo, ¡cuánto no daría yo ahora porque, como en el deseo de Marie y en Pompeya, el tiempo se detuviera en este momento y mi hijo y yo quedáramos para siempre así, convertidos en dos sombras bajo el cielo de esta isla, inalcanzables para la muerte e indestructibles en nuestra edad de ahora!

Otra...

—¡El tiempo!... ¡El tiempo!... —exclama el hombre, mirándome fijamente, como si no supiera a lo que me refiero. Y todo por preguntarle lo que tardaremos en arribar a Constanza, al otro lado de la frontera. Fue, de hecho, la frontera la culpable de que eligiera esa universidad remota para mi nuevo destino como lector. Tras dos años en Italia, necesitaba cambiar de aires, de idioma y hasta de luz.

Me lo ha dicho en italiano, aunque, por el acento, se nota que es germanohablante (aquí la gente habla varios idiomas). Mientras afuera el paisaje pasa iluminado por una luna redonda que recorta las montañas de Suiza en torno a nosotros, el hombre, que viaja solo, parece una extraña esfinge. Tan sólo ha hablado para responderme eso.

Así que yo regreso a mi lectura, que me ocupa desde que subí en el tren. Cuando lo hice, el hombre ya estaba ahí, mirando por la ventanilla.

Pero no logro concentrarme en lo que leo. Las palabras de ese hombre silencioso y el modo en que las ha dicho me han conmovido tanto que las letras resbalan frente a mis ojos como las sombras en la ventanilla del tren. Sombras de granjas, de pueblos, de estaciones solitarias y vacías apenas iluminadas por las farolas, que pasan como luciérnagas.

—¡El tiempo!... —exclama otra vez el hombre, ahora sin mirarme ya, como si lo repitiera sólo para sí mismo.

Por qué me ha conmovido su respuesta es algo que no logro comprender. Al fin y al cabo, lo único que el hombre ha hecho es repetir la palabra *tiempo* («¡El tiempo!... ¡El tiempo!...») sin darle siquiera ningún sentido. He sido yo el que, al oírla, ha experimentado esta sensación de vértigo que me impide concentrarme en la lectura, incluso en la ventanilla y en lo que se ve tras ella. Así que menos aún en los demás viajeros, todos semidormidos o ensimismados en su silencio, todos con la mirada perdida en sus pensamientos o en la oscuridad de la noche que cruza el tren en su recorrido.

Como si fuera uno más de ellos, pruebo a entrecerrar los ojos, dejando que la oscuridad me lleve hacia donde el tren no tardará ya en hacerlo: Constanza. ¡Cómo suena esa palabra en mi imaginación ahora!

Me imagino una ciudad pequeña y gris; una ciudad medieval con edificios de tejas rojas y grandes torres agudas cuyas campanas desgranarán sus golpes a cada hora y callejas empedradas por las que se deslizarán los coches sin estridencias; no como en el sur de Italia, donde los coches rivalizaban con las personas en ver quién hacía más ruido.

Pero ¿será así realmente? ¿No será una fantasía mía y la ciudad surgirá, al contrario, bajo la noche llena de luces y de vitalidad? ¿No será, como París, o como las propias Ginebra y Zúrich, las tres ciudades en que he hecho escala en mi largo viaje desde Madrid, una aglomeración urbana moderna sin el encanto que su localización sugiere: tendida al borde de un lago, con los Alpes contemplándola desde su altivez geológica y rodeada de pequeños pueblos? Al fin y al cabo, tanto Alemania como Suiza son dos países modernos por más que conserven sus tradiciones y sus costumbres.

El tren sigue su camino y yo, en lugar de perderme en él, me voy sintiendo fuera de la realidad; me pasa siempre en los trenes cuando me dejo llevar por los pensamientos. Poco a poco la conciencia se relaja y la mirada, que es el reflejo de aquéllos, se va desvaneciendo confundida por las sombras que se proyectan en el cristal de la ventanilla, tanto por fuera como por dentro, creando una nueva realidad en torno a mí: la del compartimento y los asientos en los que los demás viajeros siguen semidormidos o ensimismados en sus recuerdos como fantasmas sobrevenidos por su falta de anclaje a la realidad; esa realidad difusa cuyos contornos se desvanecen al ritmo en el que el tren la cruza, como si, en vez de algo tangible, fuera un ensueño, un reflejo vaporoso de sí misma, igual que cuando el sol la ilumina con los primeros y últimos rayos de cada día. O como ahora, en esta noche llena de estrellas en la que el mundo parece una ensoñación y no la creación de ese Dios fantástico a cuya existencia tantas personas se acogen para no tener que enfrentarse a la verdad más insoportable: que la vida pasa y se desvanece como una estrella...

—¿Ve aquellas luces de allí?

El hombre me señala con un gesto en la dirección en la que se desliza el tren. Sigue apoyado en la ventanilla como si lo único que le interesara es lo que hay fuera de él.

—Sí —le respondo yo.

—Constanza —me anticipa mientras la oscuridad de fuera también regresa dentro del tren a causa del nuevo túnel en el que éste se ha introducido.

La oscuridad del túnel se mantiene largo rato (se ve que es más largo que los anteriores), pero la claridad retorna y, con la claridad, el mundo: ese resplandor fugaz que el tren dibuja al pasar y que se confunde con el del interior de éste. Solamente al cruzar una estación o alguna pequeña aldea cuyas callejas confluyen junto a las vías, las luces de las farolas lo alumbran con claridad, aunque enseguida vuelve a desaparecer. Como en las ventanillas del tren (y como en mi imaginación ahora), la realidad y la fantasía se mezclan y se suceden, lo que me produce una sensación extraña; la sensación de no dominar el tiempo, tan inquietante como la de detenerlo.

—¡El tiempo!... ¡El tiempo!... —vuelvo a escuchar mientras me adormezco contemplando las estrellas que señalan la situación de Constanza en la oscuridad del mundo.

Otra...

—¿Ves aquella luz de allí?

—¿Cuál?

—Aquella que está allá lejos —le señalo yo ahora a Pedro enfrente de donde estamos.

—Sí —la descubre al fin.

—Es una barca de pescadores —le digo.

—¿Cómo lo sabes?

—Porque lo sé —le respondo yo—. ¿No ves que apenas se mueve?

Pedro se queda pensando en ello y yo enciendo un cigarrillo. Cuando lo aspiro, la brasa se convierte en otra estrella, ésta más roja y más temblorosa.

—¿Y aquella otra sabes qué es? —le señalo, ahora en el cielo, con la brasa del cigarro como guía.

—No.

—Es un satélite —le sorprendo.

—¡¿Un satélite?!... ¿Y cómo lo sabes? —me pregunta él.

—Porque lo sé —le respondo yo—. Fíjate cómo se mueve: despacio, como si se deslizara... Las estrellas, en cambio, lo hacen a toda velocidad... ¿No ves?

—Sí... Pero ¿seguro que es un satélite?

—Seguro.

La noche suena como un cascarón vacío, como la caracola inmensa del mar que ruge frente a nosotros. Los perros ya se han callado, dormidos seguramente bajo las parras. A ellos no les desvela la noche de San Lorenzo con sus estrellas.

El satélite continúa deslizándose y Pedro y yo lo seguimos hasta que desaparece completamente de nuestra vista. Lo hace sin dejar estela, al revés que las estrellas, que continúan brillando todavía un tiempo después de desaparecer. Es el reflujo de su recuerdo.

—Papá...

—¿Qué?

—¿Por qué os separasteis mamá y tú?

La pregunta de Pedro me deja paralizado. No la esperaba, y menos en esta noche y en este sitio. Tardo en contestar un poco:

—¿Por qué me preguntas eso?

—Porque lo quiero saber —me dice.

—¿Y por qué lo quieres saber? —le respondo yo, dudando qué contestarle.

—Porque ya tengo edad para comprender las cosas.

De repente parece más adulto. Incluso su voz suena más segura, como si la contemplación del cielo le hubiese hecho madurar.

—Es una historia muy larga —le digo.

—Tenemos toda la noche —me responde él.

—En realidad, no hay ninguna historia —me corrijo yo, al cabo de unos segundos; la verdad es que no sé por dónde empezar a hablar—. Quiero decir: que no hubo ninguna historia. Simplemente que se terminó el amor.

—Eso no es cierto.

—¿Cómo que eso no es cierto? —su contestación me deja desconcertado de nuevo.

—Porque mamá a ti te quiere —me dice.

—¿Y tú cómo lo sabes?

—Porque lo sé —me responde él.

—Yo también la quiero a ella —le digo, después de dudarlo un poco.

—Tú no la quieres —me contesta él.

—Por supuesto que la quiero —insisto yo, pese a todo—. Sólo que de otra manera, no como la quería al principio... Las cosas cambian, los sentimientos también se acaban —me justifico sin saber por qué.

La noche suena cada vez más hueca; mis palabras retumban contra ella como distorsionadas por la inmensidad del mar. Pedro parece una sombra y yo debo de parecerle a él otra igual. Dos sombras en la colina, cuya oscuridad resalta la luminosidad del cielo.

—Entonces ¿por qué nos abandonaste? —musita Pedro, al cabo de unos segundos, con un tono de reproche que me deja sin respiración. Noto que el cigarrillo me tiembla y que las manos también me tiemblan más de lo que es habitual en mí, que es bastante. Los largos años de alcohol me dejaron esta huella ya imborrable de recuerdo.

—Yo no os abandoné —le digo.

—Pero te fuiste... —me responde él.

—No tenía otro remedio —le explico, intentando al mismo tiempo recuperar la seguridad en mí. Me desazona sentirme frágil ante mi hijo, que al fin y al cabo no es más que un niño, ni siquiera un adolescente aún—. Tu madre y yo ya no podíamos seguir viviendo juntos más tiempo.

—Entonces ¿por qué llorabais? —me dice Pedro de pronto, desviando su mirada de la mía.

—¿Quiénes?

—Vosotros.

Su afirmación me vuelve a dejar helado. No la esperaba, ni sé a qué se refiere.

—¿Cuándo nos viste llorar? —le pregunto.

Pedro duda antes de volver a hablar. Sigue mirando hacia el cielo para no tener que mirarme a mí. Se ve que le da vergüenza contarme algo que para él debería permanecer en secreto. El secreto de su soledad de niño:

—Un día, antes de que tú te fueras, yo dormía en mi habitación cuando me despertó la voz de mamá llorando. Decía: «¡Perdóname, por favor! ¡No puedo vivir sin ti!». Asustado, sin saber por qué mamá decía eso, salí al pasillo y os vi a los dos abrazados en el salón, los dos llorando, como en las películas.

—¿Qué películas?

—Las que le gusta ver a mamá —me dice.

La noche tiembla como las estrellas; la caracola inmensa del mar es ya una caja de resonancia contra la que choca el mundo. Suena una sirena lejos. No es de esta tierra, sino de otra: la tierra de los desaparecidos.

—¿Y por qué no me lo contaste en todo este tiempo? —le digo a Pedro cuando me recupero de la sorpresa. Lo hago mirando hacia el cielo. Tampoco yo me atrevo a enfrentar sus ojos.

—Porque me daba miedo que lo supieras.

—¿Miedo?... ¡Qué tontería! —le recrimino yo con dulzura, aunque comprendo perfectamente su reacción. Yo hubiera hecho también lo mismo en su caso—. ¿Creías que iba a parecerme mal?...

No es que yo hubiese hecho lo mismo de haber estado en su situación. Es que lo hice, recuerdo mientras expulso el humo del cigarrillo, que ya se ha consumido a medias (la conversación ha hecho que me olvidara de él en todo este tiempo), y no sólo una vez, sino varias. Cuando yo era como Pedro, la distancia entre los padres y los hijos era mayor y más insalvable.

Recuerdo, por ejemplo, el día en que me enteré por una vecina, que se lo estaba contando a otra en la tienda, de que mi madre había perdido un hijo (yo ni siquiera sabía que lo esperaba; nadie me había informado al respecto) y, sobre todo, la noche en que descubrí por sorpresa que mi padre bebía más de la cuenta. Como le ocurrió a Pedro, me despertaron de madrugada los lamentos de mi madre en la salita, a la que daba la puerta de mi habitación.

Yo no podía imaginar antes de saberlas ninguna de las dos cosas. La primera, porque a mi edad en aquel momento, cinco años más o menos, nada sabía de la vida, y la segunda, porque, aunque ya era un adolescente, estaba lejos aún de la madurez que requería aceptar una realidad como la que acababa de descubrir: que mi padre no era el hombre que yo creía hasta entonces.

Recuerdo lo que me impresionaron ambas. Sobre todo la última, que no esperaba, aunque algo ya podía suponer (últimamente mi padre llegaba muy tarde a casa y lo hacía cada vez más taciturno), y que me afectaría aún más de lo que imaginé esa noche. Porque esa noche se repitió, se hizo habitual en aquellos años en los que mi madre y yo esperábamos solos durante horas a que mi padre volviera a casa, cosa que cada vez hacía más tarde. La mayoría de los días, de hecho, yo no lo veía llegar, pues ya me había ido a dormir, pero escuchaba su voz y la de mi madre discutiendo en la cocina, algo que me impresionaba mucho, pues nunca les había visto hacerlo durante años.

Así que cómo no voy a entender la reacción de mi hijo, su silencio mantenido tanto tiempo como un secreto que es a la vez una salvaguarda. Si yo a su edad me callé tantos descubrimientos (la soledad de mi madre, el sexo, la nostalgia que mi padre ocultaba en lo más hondo de su espíritu y que lo empujó a beber...), cómo no iba a hacerlo él, que ni siquiera me tenía cerca para revelarme el suyo cuando le torturara más de la cuenta. Que es lo que acaba de hacer ahora, cuando quizá sea tarde para decirlo.

Yo, al menos, ya no sé cómo explicarlo. Después de más de seis años transcurridos desde aquella noche, ya ni siquiera recuerdo sus circunstancias concretas ni lo que Pedro pudo observar sin que lo supiera. Aunque da lo mismo. Lo que me ha dicho que vio —a Marie y a mí llorando, los dos abrazados como dos novios y no como una pareja que se está separando para siempre— le afectó tanto, por lo que se ve, que ya sólo por eso tendría que darle una explicación. Pero no la tengo. Por lo menos ahora ya no la tengo y dudo mucho que la tuviera entonces. Porque ¿qué podría decirle? ¿Que su madre me engañaba con un amigo de juventud —un compañero de la universidad— y que yo empecé a hacer lo mismo con una alumna, en absurda represalia, cuando me enteré de ello? ¿Que desde que ocurriera eso la relación entre Marie y yo se resquebrajó, aun cuando intentamos comenzar de nuevo (absurdamente también: ella seguía viéndose con Philippe), y aquella fantasía suya de quedarnos abrazados para siempre se disolvió como si fuera polvo en un vendaval? Yo ya no puedo contarle eso. Y no quiero, sobre todo. Si él mantuvo su secreto tanto tiempo, yo debo hacerlo con mayor motivo. No quisiera que pensara que su madre fue la culpable de nuestra separación porque no fue así. Y porque, aunque fuera así, tampoco tengo derecho a volcar sobre mi hijo la amargura que yo siento desde entonces, porque ni él ni ella la merecen. Antes de eso, prefiero que siga, como hasta ahora, pensando que yo los abandoné y que lo hice sin ningún motivo, simplemente porque me cansé de ellos. Al fin y al cabo, ¿qué he sido toda mi vida sino un pobre trotamundos sin destino, un pasajero en un tren —el tren de la soledad— al que me subí muy joven y del que ya no he vuelto a bajarme más?

—Mañana te voy a llevar a un sitio —le digo a Pedro para desviar su atención de aquel dolor que aún perdura.

—¿Adónde?

—A Cala d'Hort... Es un sitio muy bonito, ya lo verás —le anticipo.

—¿Es un pueblo?

—No, una playa. La playa de la felicidad —le digo, observándolo de reojo para ver si sigue mirando al cielo.

Sigue mirándolo, pero sin verlo, pues ha cerrado los ojos, seguramente para olvidar lo que yo no le he contado por vergüenza.

Otra...

La playa de la felicidad la bauticé yo en aquel tiempo en el que Ibiza lo era también para mí en conjunto. La playa de la felicidad porque en su recodo viví bastantes de los momentos más memorables de aquella época y de mi existencia entera.

Era —y seguirá siendo, supongo (no he vuelto a verla desde que me fui de aquí)— una playa como tantas de esta isla, ni siquiera la mejor (su arena no lo era por lo menos, más bien todo lo contrario: era una mezcla de arena y piedras), pero tenía un encanto especial, un atractivo que la hacía única, al menos para mí y mis compañeros. Por eso, acabábamos en ella frecuentemente, tanto en verano, para bañarnos, como en invierno, para disfrutar del sol.

Tenía un merendero en lo más alto, una caseta de tablas de un pescador de la zona que apenas servía cervezas y algún refresco a los habituales, que al principio éramos pocos: nosotros, los pescadores amigos del dueño del merendero (no más de media docena) y algún turista avezado en la búsqueda de los lugares más recónditos y bellos de la isla. Y también, cuando comenzaron con la excavación, los arqueólogos encargados del vecino yacimiento púnico que apareció cerca de la playa, en un antiguo campo de labor ya abandonado.

Francesc, el dueño del merendero, era un pescador curtido, siempre vestido con pantalones cortos, incluso en el invierno y cuando salía a pescar. Lo hacía en una barquita de pocos metros de eslora y su circunscripción abarcaba un par de kilómetros, desde la playa hasta los islotes que le conceden a ésta su perspectiva. Uno de ellos, el mayor (el conocido como Es Vedrá; el otro es Es Vedranell), es el más alto de toda Ibiza al decir de los ibicencos, que le calculan más de trescientos metros (la Atalaya, que es la cumbre principal del territorio, apenas pasa de los cuatrocientos), y en él pastaba un grupo de cabras propiedad del propio Francesc, que las transportaba en barca desde la playa cuando llegaba la primavera y al acabar el verano, en viaje de vuelta. Alguna vez le acompañé en alguno de esos viajes y aún lo recuerdo con emoción, tanta era la belleza del lugar y tanta la libertad que nos envolvía. Porque Francesc y yo éramos los únicos seres vivos en aquel mundo sin estrenar, aparte de sus pocas cabras.

Aunque la libertad te envolvía también en la tierra firme. Ya fuera en la caseta de Francesc oyendo a éste y a sus amigos los pescadores contar anécdotas de otro tiempo o las propias de ese día en torno a una botella y a un plato de almendras secas, o ya fuera lejos de allí, en cualquier lugar de la playa o entre los cañaverales de los alrededores. Tanto en la playa como en los cañaverales la libertad era tan completa que la gente llegaba a hacer el amor en ellos sin importarle que la pudieran ver. Nadie se preocupaba de los demás en aquella playa remota tan alejada de las más turísticas.

Quizá por ello era nuestro lugar de encuentro. Y, también, cuando nos cansamos de él, el escenario de nuestras desapariciones cuando queríamos apartarnos de los demás, ya fuera por cansancio de los otros (más que de ellos, de su compañía continua), ya fuera porque una chica había irrumpido en tu corazón y necesitabas intimidad para estar con ella. No sé los otros, pero yo, siempre que me enamoraba, llevaba a la muchacha en cuestión a Cala d'Hort, sabedor de que allí nadie nos molestaría y, sobre todo, de que le impresionaría el lugar, con los cañaverales borrando el cielo sobre la arena y Es Vedrá y Es Vedranell levantándose al fondo como dos cíclopes, padre e hijo según la imaginación de los ibicencos, cuya sola presencia ahuyentara las tormentas y las nubes y asegurara la paz y el sol a su alrededor. Y, también, esa armonía tan necesaria para el nacimiento de cualquier historia, ya fuera ésta de amor o de simple sexo.

Si mi hijo no fuera tan pequeño (y si a mí no me diera vergüenza contarle ciertos recuerdos; la educación me sigue pesando más de lo que yo quisiera), le contaría las muchas veces que en las arenas de Cala d'Hort hice el amor por primera vez (me refiero con cada nueva chica), las innumerables noches en las que amanecí dormido junto a las olas después de horas contando estrellas o imaginando sueños para mi futuro. Un futuro que entonces era tan sólo una playa infinita para mí y, supongo, para mis acompañantes.

En Cala d'Hort hice el amor, por ejemplo, por primera vez con Nicole y muchas veces con Carolina (con ésta incluso después de vivir ya juntos; nos gustaba recordar aquellas primeras veces entre las olas), pero también viví momentos felices sin necesidad de sexo, ni de compañía siquiera. Me bastaba con ver las olas ir y venir a mis pies y el perfil de los islotes reflejándose en el mar para sentirme en paz con el universo. Luego estaban los olores: el de los cañaverales, dulzón y verde como la brisa que lo traía desde la ladera; el de la arena, húmedo como las olas que la mojaban al ritmo de las mareas; el de las barcas de pesca, preñado de sal y yodo y agitado y esparcido por el cabeceo de éstas. Olores que te embriagaban y que se volvían tangibles cuando, en la noche, el mar desaparecía y el perfil de Cala d'Hort se convertía en un horizonte negro en el que sólo se recortaban la caseta de madera de Francesc y, a su lado, mi motocicleta. Ésa es la imagen que todavía conservo de aquella playa y de aquellos días: la imagen misma de la felicidad.

Pero ¿era felicidad lo que yo sentía en aquella época? ¿Era felicidad, o se trataba de una ilusión inconcreta, una ilusión de mi espíritu fantaseada luego por la memoria como sucede siempre con el pasado? Porque ¿llegaron a existir realmente la caseta de Francesc y sus amigos, la playa y los cañaverales, los peñones de Es Vedrá y Es Vedranell con su leyenda homérica de las sirenas y su ermitaño desaparecido (aquel fraile catalán que, al decir de los pescadores, se volvió loco después de meses viviendo allí), o fueron invenciones de mi espíritu para entretener los años que sobrevinieron luego? Y Nicole y Carolina y tantas chicas como amé, ¿existieron de verdad o fueron imaginaciones mías? ¿No serían, como Pedro (y como yo, ahora que él no me ve; sigue mirando hacia el cielo como Ulises al pasar frente a Es Vedrá), creaciones de mi fantasía, como mi existencia entera? Porque ¿de verdad existo? ¿De verdad todo lo que ahora recuerdo lo viví en la realidad, o es la ensoñación de un dios cuyo único idioma es el tiempo?...

Puede que lo haya inventado todo. Puede que todas esas imágenes —la de la playa y la de los islotes, la de las barcas y los cañaverales, la de los pescadores bebiendo vino al atardecer de vuelta de sus faenas mientras mis amigos y yo nos bañamos en el mar o escuchamos sus historias en silencio— correspondan más a mi imaginación que a la realidad, del mismo modo en que mis recuerdos tienen más relación con mi fantasía que con mi vida, no sólo ahora, que ya me he hecho mayor, sino cuando todavía estaban recientes. Y, sin embargo, de lo que estoy seguro, por más que dude de todo ya (no esta noche, sino desde hace algún tiempo), es de que Francesc me llevó en su barca a pescar más de una vez hasta Es Vedrá; de que Carolina y Nicole gritaban de placer sobre la arena o entre los cañaverales de la ladera mirando hacia las estrellas o al sol que incendiaba el cielo; de que la botella de vino de los pescadores se reponía todos los días, lo mismo que las almendras, mientras atardecía en el mar y las sombras comenzaban a extenderse poco a poco por la arena y los acantilados ardientes de Cala d'Hort: esa playa que tanto recordaría mientras vagaba de un sitio a otro por toda Europa en busca de la felicidad perdida y que ahora me da miedo visitar, pese a que se lo acabo de prometer a Pedro. Por si no existió realmente. O por si, habiendo existido, ya no es la misma, que es lo que de verdad me temo.

—Ya no reconoce a nadie.

La confesión de la cuidadora cae sobre mí como el agua fría: me vuelve a recordar lo que ya sabía, pero había olvidado voluntariamente.

Se refiere a mi madre, que está sentada en un butacón, en el salón en que pasa las horas muertas rodeada por enfermos como ella. Al fondo, detrás de la galería, las copas de unos castaños sombrean el gran jardín de la residencia, un antiguo colegio religioso reconvertido para tal fin, por el que pasean otros ancianos en compañía de algún familiar o a solas. Vistos desde el gran salón, ninguno de ellos parece enfermo, pero lo están.

Hacía tiempo que no la visitaba y no por falta de compasión, ni de cariño, que ha ido en aumento, sino de fuerzas para enfrentarme a la realidad. Desde hace varios meses, mi madre ya no me reconoce y ni siquiera habla cuando le pregunto. Se limita a mirarme con esos ojos inexpresivos en que han degenerado aquellos cuyo color castaño heredé, no así su expresividad, como si las palabras la hubieran abandonado junto con los recuerdos de su propia vida. Quizá porque los recuerdos necesitan las palabras para serlo y, al revés, porque las palabras, sin nada que nombrar, se borran. En eso son como las estrellas.

Pero mi madre no es una estrella aún; quiero decir: mi madre continúa viva aunque parezca una estatua como aquellas de escayola de Pompeya o como las que adornan el propio *hall* de la residencia (éstas, de personajes religiosos, como la Virgen, o como San Francisco, al que le debe el nombre). Y, aunque ya no recuerde su propia vida, esa que comenzó en Zaragoza en plena guerra civil, que prosiguió después en varios hospicios (su madre murió al tenerla y su padre poco después, en el frente), que continuó en Figueras y en Pau, adonde la evacuaron junto a otros niños para alejarla de los bombardeos, y que terminó en Bilbao, adonde la repatriaron años más tarde y donde la encontró su hermana después de buscarla por mil lugares, sigue sintiendo como lo hacía antes de que el alzhéimer la sumergiera en la irrealidad. Si no, ¿cómo explicar esas lágrimas que cada poco asoman a sus pupilas, o la reacción que tuvo anteayer al ver a Pedro entrar en su habitación?

Hacía casi dos años que éste no venía a verla; pocos para cualquier persona (quiero decir, para reconocer a alguien) pero una eternidad para mi madre, que en ese tiempo ha pasado de la realidad al sueño y de cuya conciencia el tiempo ha desaparecido ya. Y los recuerdos. De ahí que, al ver a Pedro acercarse a ella, lo mirara como a un desconocido, más todavía que a mí, al que tampoco ya reconoce, pero está más acostumbrada a ver.

Le dije a Pedro que se aproximara a ella (ante su falta de reacción, el niño se paró, desconcertado, en medio del gran salón) y éste me obedeció con recelo, como si dudara de que aquella figura inexpresiva fuera una mujer viviente. Y eso que yo le había advertido del grado de deterioro en el que encontraría a su abuela y que la cuidadora también le advirtió de lo mismo:

—Tu abuela ya no te reconoce —le había dicho mientras nos conducía hacia donde se encontraba—, pero se va a alegrar mucho de verte.

—¿Y cómo puede ser eso? —le preguntó Pedro a la mujer, incapaz de relacionar una afirmación con otra.

—Porque no te conoce, pero te ve.

Ver sí debió de verlo, porque se quedó mirándolo —si bien no demostrara la más mínima emoción—, algo que no hizo conmigo, a quien ni siquiera miró en todo el rato que permanecimos en su compañía. Ni en todo el rato ni al día siguiente cuando regresamos para despedirnos (quizá fuera la última vez que la veíamos) antes de volar a Ibiza para cumplir la promesa que le hice a Pedro esta Navidad (tanto hablarle de la isla, éste se había interesado por conocerla). La cuidadora de mi madre me animó. Era una mujer mayor, de acento vasco muy remarcado y rasgos un poco hombrunos, pero que destilaba una gran dulzura. «Es normal —me dijo como consuelo al advertir mi contrariedad, que no era tanta, por otra parte (ya me he ido acostumbrando a la inexpresividad de mi progenitora, a ese silencio infinito que se ha adueñado de su conciencia como si fuera una maldición de Dios)—. Les pasa a todos a partir de cierto momento. No se lo tome a mal, por favor».

¿Tomármelo a mal, me dice? ¿A mi madre? ¿A la única mujer a la que he sido fiel hasta el día de hoy y a la que siempre he querido por más que muchas veces no haya sabido demostrárselo? ¿A mi madre le voy a reprochar que no me mire, ni me hable, ni me reconozca ya, cuando toda su vida la entregó a mí, primero junto a mi padre y luego sola, cuando éste desapareció? Esto pensaba yo hace unas horas mientras la miraba tratando de recordarla como había sido y no como la veía ahora, inmóvil como una estatua e inexpresiva como si ya lo fuera. A mi lado, el pobre Pedro permanecía en silencio sin saber qué decir ni hacer (¡qué extraño debe de ser para él enfrentarse tan pequeño a una enfermedad tan dura!) y la mujer que cuida a mi madre le acaricia las manos dulcemente, no sé si intentando que reaccione y nos mire por lo menos o en un gesto de cariño natural, mientras, tras la ventana de la habitación en la que se encuentra ahora (pronto la bajarán otra vez al salón de la residencia a contemplar el vacío del mundo junto a los demás enfermos), los que aún conservan de éstos un átomo de memoria y se valen por sí mismos pasean por el jardín como si todavía fueran personas y no los fantasmas que los habitan desde hace tiempo; esos fantasmas llenos de niebla y sueño que he visto por los pasillos de este edificio en el que mi pobre madre se ha ido alejando del mundo como un satélite (despacio, sin hacer ruido, no como las estrellas y los cometas, que lo hacen a gran velocidad) mientras yo voy y vengo de un lado a otro y mi hijo se hace mayor sin que pueda verlo...

En eso pensaba yo hace unas horas en la residencia de las afueras de Amorebieta, cerca de Bilbao, en la que mi madre muere, o vive, o se desvanece, que ya no sé cómo llamar a su estado ahora, cuando, de pronto, sorprendiéndome a mí y a la cuidadora (a Pedro no, porque todavía es un niño), se incorporó en su silla con gran esfuerzo y, sin dejar de mirar a su nieto, como si de repente hubiese reparado en él, nos señaló una foto de las cinco o seis que conserva enmarcadas y puestas sobre la televisión que, junto con el armario con sus cosas y la cama, integra todo su mobiliario y que pertenecen, como es común, a sus familiares: a mi padre, a mí, a su hermana Carmen, a mi padre y a ella en una celebración familiar, quizá alguna comunión o boda, y —la que señala ahora mirando a Pedro con unos ojos repentinamente llenos de vida (una vida que enseguida se evapora; ha sido un fogonazo muy fugaz en su memoria)— la de mi hermano Ángel, su primogénito, en una imagen de cuando éste tendría la edad de Pedro en este momento y cuyo parecido con él es realmente asombroso, pero en el que sólo mi madre, a pesar de su «ceguera», ha reparado. Ni siquiera yo, acostumbrado a ver a los dos y con toda mi lucidez a cuestas, me había dado cuenta de un detalle cuya evidencia salta a la vista, quizá por mi decisión de borrar a mi hermano Ángel de mi recuerdo.

Otra...

—¡Ángeeel!... ¡Ángeeel!...

Mi voz, que es la de un niño aún, retumba entre los maizales y las choperas de la ribera. Cerca del río, donde me encuentro, la soledad es tal que me sobrecoge.

En realidad, hasta hace un momento no estaba solo ni tenía miedo. Mi hermano Ángel y sus amigos (Miguel, el hijo de Lalo, nuestro vecino y arrendatario desde que los abuelos dejaron de trabajar las fincas; Pepín, el hijo del de la tienda; Andrés, el de la casa de los escudos...) estaban a mi lado y no, como ahora, escondidos para asustarme o para que yo los busque. Les gusta hacerlo para divertirse ellos.

—¡Ángel!... ¡Ángel!...

Mi voz suena ahora con más firmeza. Tengo ya catorce años y estoy en el instituto. Lo que no quita para que continúe buscando a mi hermano Ángel, ahora en Bilbao, junto a nuestra casa; en concreto, al final de la calle en la que vivimos, en un barrio industrial junto a la ría en el que los hangares y las fábricas se mezclan con los bloques de viviendas y los solares en construcción o a punto de construirse. Mi madre me ha enviado a reclamarle que vuelva a casa, que ya es de noche.

—Espera un poco —me contesta él (está fumando en una caseta junto con sus amigos, que son de su misma edad).

Tienen ya dieciséis años; dos más que yo, por lo tanto, pero no los suficientes para fumar delante de los mayores. Por eso vienen aquí a esconderse, en la caseta de una obra que quedó abandonada junto con ésta. Aún se ven alrededor los cimientos encharcados por la lluvia (siempre lo están, salvo en el verano) y las torres de hormigón, interrumpidas a medio hacer, dicen que porque quebró la empresa.

—No, yo no espero, que luego mamá nos riñe —le respondo a mi hermano, echando a andar hacia casa mientras él sigue con los otros.

—¡Gallina! —me dice cuando me alcanza, ya en el portal de nuestro edificio.

En el portal de nuestro edificio, precisamente, volveré a escuchar su nombre, ahora a mi madre, corriendo por las escaleras. Su voz suena como un grito, con un desgarro que me sobrecoge:

—¡¡¡Ángel!!!... ¡¡¡Ángel!!!...

Enseguida la rodean más vecinos. Gritan también, aunque no tan alto, ni con la desesperación con la que ella lo hace:

—¡¡¡Ángel!!!... ¡¡¡Ángel!!!...

Ni siquiera ha reparado en mí, pese a que me ha empujado al salir afuera. Yo entraba en el portal en ese momento. Volvía de jugar al fútbol con los amigos, como todos los domingos a esa hora, en el descampado de la curtiduría.

—¿Qué pasa? —pregunto a los que co-
rren tras mi madre sin obtener ninguna respuesta. Ni siquiera una mirada de atención.

Así que corro también tras ellos. Sigo la
calle hasta su final y al doblar la esquina los alcan-
zo. Mi madre va en cabeza sollozando, anticipán-
dose a una noticia que yo todavía ignoro. Aunque está claro que tiene que ver con Ángel. La
expresión de mi madre es inequívoca, así como
sus lamentos:

—¡Ay, mi hijo!... ¡Ay, mi hijo!...

Los lamentos arrecian cuando los divisa-
mos. Al fondo, ante una pared, otro grupo de personas se agolpa en un semicírculo detrás de dos
coches de la Policía. Hay también una ambulan-
cia, con la sirena encendida, lo que le da mayor
gravedad a la reunión.

Sigo sin saber qué ocurre, pero intuyo que
esa gravedad me afecta. Y que me cambiará la
vida, pese a que yo ahora esté aquí como si tal
cosa. Será dentro de dos días, cuando Ángel esté
ya bajo la tierra con el cuerpo reventado por el
golpe contra la pared llena de pintadas de apoyo a
ETA contra la que se estrelló la moto en la que iba
de copiloto y que conducía un amigo suyo (uno de
los que solían estar con él en la caseta de la obra
abandonada cuando yo lo iba a buscar, y que ha
quedado malherido, pero que salvará la vida según los médicos), cuando comprenda la gravedad
de la situación a la que de repente nos enfrenta-
mos todos; quiero decir: mis padres y yo mismo,

convertido en hijo único de pronto, algo que ni siquiera sé lo que significa. Como la muerte de Ángel, cuya estrella busco en vano asomado a la ventana de mi cuarto durante las siguientes noches (es imposible que pueda verla: llueve continuamente desde hace días), aún tardaré en entenderlo y, cuando lo consiga, será para comprender también que la vida me ha cambiado por completo, aunque no tanto como a mis padres, que ya nunca volverán a ser las mismas personas. Ni siquiera mi existencia les servirá para consolarse y menos cuando me separe de ellos.

—Gallina —escucho a Ángel decirme aún mientras le veo caminar detrás de mí por la calle de Bilbao en la que vivíamos.

Otra...

—¿Has oído eso? —exclama Pedro, abriendo los ojos.

—¿El qué? —le pregunto yo.

—Ese ruido... —me responde.

—Yo no he oído nada —le digo, escuchando, como él, con atención.

—¿Y ahora?... ¿No lo has oído tampoco ahora?... —me señala hacia los pinos más cercanos.

Ahora sí. Ahora sí he oído ese ruido que a Pedro le ha sobresaltado tanto. Su mirada lo delata claramente.

—Es un pájaro —le tranquilizo.

—¿Un pájaro? —me pregunta él, sin acabar de creerlo del todo.

—Una lechuza —le digo, acercándome para protegerlo, más que de ésta, de su propio miedo. Por supuesto, no le cuento que entre la gente del campo (la de la ciudad no puede verla a menudo) la lechuza ha sido siempre un pájaro considerado de mal agüero.

—¿Y si no fuera un pájaro? —me sugiere él.

—Entonces es un fantasma —le sonrío yo—. Porque aquí no hay nadie más que nosotros... Que yo sepa, por lo menos.

Pedro me mira y guarda silencio. Escruta atentamente los sonidos de la noche tratando de sorprender de nuevo ese ruido que tanto le ha preocupado, por lo que se ve. Como a mí cuando era pequeño, los sonidos de la noche le dan miedo cuando no sabe a qué corresponden.

—¿Quieres que nos vayamos?

—No —me contesta él, recuperado definitivamente del susto gracias a mi tranquilidad.

A mi aparente tranquilidad, debería decir. Porque, para ser sincero, tengo que reconocer que el susto de Pedro me ha contagiado a mí mismo, no tanto por la lechuza, cuya presencia no me da miedo (al contrario que a mi abuela, que cada vez que la oía cantar al lado de nuestra casa salía a tirarle piedras para que se alejara de ella, pues pensaba que traía mala suerte), como por el silencio que nos rodea, que no parece real. Desde que calló la noche (me refiero a los perros y a los coches, enmudecidos casi a la vez; se ve que se necesitan), el espacio parece una campana de cristal en la que vibran sonidos imposibles de escuchar en otras horas. Y de identificar también. Son esos ruidos que vienen desde los árboles, desde la profundidad del monte, del propio cielo que los recorta (más el monte que los árboles, que se confunden con la maleza y con las sombras de sus propias ramas) con su resplandor eléctrico, como de telón de un cine atravesado de irrealidad y de fantasía; un telón en el que se proyecta el mundo y, en él, todos los temores que alientan los corazones de las personas, estén despiertas o estén durmiendo, cada una con su propio sueño. Es inquietante pensar que ahora, mientras mi hijo y yo velamos la noche como insomnes vigilantes de una isla que se ha quedado en silencio conforme la oscuridad ha crecido, millones de personas en el mundo duermen ajenas a las demás, unas tumbadas de cara al cielo, otras de lado, como los niños (o boca abajo, como los recién nacidos), unas fundidas con otros cuerpos y otras solas por completo, pero todas con sus temores y con sus miedos y con sus sueños irrepetibles y tan efímeros como la propia vida. Entre todas producen un rumor inapreciable salvo en noches como ésta, una sordina como la de las caracolas marinas de la playa que llena el aire de extraños ecos y en la que sólo se escuchan, de cuando en cuando, los gritos de la lechuza pidiendo carne (así decía mi abuela cuando la oía; era su forma de referirse a la muerte) y las sirenas de los trasatlánticos sumergidos en el fondo de los mares junto con las embarcaciones de cañas o de madera de todas las civilizaciones existentes a lo largo de la historia de este mundo que ahora es sólo una mancha en torno a mí. Una mancha azul y negra que las estrellas llenan de serenidad y paz.

—Cuando yo era como tú —le digo a Pedro para entretenerlo un poco—, mi abuelo me llevó con él a regar el huerto una noche. Entonces —le explico, para que lo comprenda— los pueblos estaban llenos de gente, no como ahora, que están vacíos la mayoría, y todo el mundo cultivaba el campo y tenía huertos para el consumo propio. Mi abuelo tenía uno que ni siquiera dejó cuando se jubiló; le gustaba plantarlo y atenderlo, aparte de que le compensaba hacerlo: tenía garantizadas hortalizas y patatas para toda la familia en el verano. El problema era que, al haber muchos huertos en el pueblo y al ser el agua un bien muy escaso, no porque no lloviera, ni nevara en el invierno, que lo hacía con generosidad —si así se puede decir de las grandes nevadas que caían, que paralizaban la vida de los vecinos durante meses—, sino por falta de canalizaciones (las presas eran muy pocas y las acequias de tierra y piedras, con lo que el agua se desaprovechaba mucho), ésta siempre escaseaba y los vecinos se la tenían que repartir casi a cuentagotas, por riguroso turno, durante las veinticuatro horas del día. Así que te podía tocar regar por la noche, incluso de madrugada, como aquella vez a mi abuelo. El caso es que me llevó con él al huerto, que estaba cerca del pueblo, pero lo suficientemente apartado de él como para que la oscuridad fuera total y absoluta. Aunque mi abuelo no necesitaba ver. Conocía su huerto de memoria y, con ayuda del azadón, desvió el agua de la acequia y dejó que corriera por los primeros surcos del huerto. Luego, sucesivamente, fue encauzándola por los siguientes y así hasta regar todas sus verduras, labor en la que empleó cerca de una hora; un tiempo que yo pasé sentado sobre el cajón de madera que mi abuelo usaba para descansar y sobre el que se sentó también cuando se cansó de observar de pie cómo el agua iba encharcando todo el huerto. Fue cuando me contó aquella historia cuya belleza me cautivó hasta el extremo de recordarla todavía hoy: que el agua se dormía a cierta hora, lo mismo que las personas y que la naturaleza entera. Y, para demostrarme que no mentía, me ordenó guardar silencio y escuchar con atención, cosa que hice junto con él hasta que, efectivamente, dejé de escuchar el agua, que pareció pararse de pronto, como todo a nuestro alrededor. «¿Lo ves?», me dijo el abuelo, rompiendo brevemente aquella magia que el silencio del agua había creado y que duraría ya hasta que me quedé dormido...

El relato, improvisado (como todos los relatos de recuerdos, éste ha cambiado mucho desde que lo viví y oí), queda flotando en el aire como un sonido más de la noche. Pedro me mira, curioso, sin saber qué añadir a él. Como a mí, la imagen del abuelo y yo sentados en el cajón de madera entre las hortalizas y las verduras del huerto viendo correr el agua por éste debe de recordarle la de nosotros en este instante. Es más, el paralelismo entre ambas situaciones (sólo cambian el cajón y las verduras, que aquí son una manta y un pinar, el que cubre la colina detrás de nosotros) le debe de hacer pensar que esta noche no es sino una repetición de aquélla, con el mar ahora como protagonista. Porque, en efecto, desde hace ya unos minutos, éste ha callado como los perros, como los coches y los aviones que antes cruzaban la noche, como los grillos que la cosían, omnipresentes, desde hacía horas y que también han enmudecido. Debe de ser que el sueño los ha vencido como al agua de mi abuelo cuando regaba su huerto de madrugada acompañado sólo por las estrellas y por la oscuridad de un mundo que desapareció con él. O quizá no. Quizá el mundo de mi abuelo (y de mi abuela, y de mi tío el desaparecido, y hasta de mi propio padre, que, aunque trasplantado a otro, nunca lo olvidó del todo) alienta en mí todavía, siquiera sea por la memoria que guardo de él. Nadie muere mientras lo recuerdan y con el mundo pasa lo mismo, supongo.

—Y, cuando te despertaste, ¿seguía dormida? —me dice Pedro, con su ingenuidad de niño.

—¿Quién?

—El agua.

—¡Ah!... ¡Ya no me acuerdo! —le miento, sin atreverme a inventar un final para una historia que, de tan bella, no debería tenerlo jamás.

Otra...

Luna lunera, cascabelera... Luna que te quie-
bras sobre la tiniebla de mi soledad... Huye, luna,
luna, luna... Cuánta canción, cuánto verso, cuánto poema pintado para expresar la emoción que
este silencioso astro produce y ha producido siempre en los hombres, pienso mirándolo desde la ventana del apartamento en el que resido en esta me-
lancólica ciudad de Portugal a la que he venido a
parar huyendo de la oscuridad del norte. Después
de un año en Suecia, Coímbra, a pesar de su melancolía, me parece una ciudad mediterránea.

Está ahí como una moneda. Sobre la pos-
tal nocturna que los tejados del casco viejo de
Coímbra forman junto con el río Mondego (éste
con sus orillas iluminadas por las farolas y los
neones de los hoteles y los cafés que miran a él),
la luna permanece quieta como si estuviera pega-
da al cielo y a la ciudad. Pero yo sé que eso no es
verdad. Sé que esta luna redonda que ahora he-
chiza los tejados de Coímbra y su río la he visto
en miles de sitios, desde Bilbao al sur de Francia
o de Italia y, por supuesto, en Ibiza un millón de
veces. Quizá porque, cuando era más joven, miraba al cielo todas las noches y no, como haría
después, sólo cuando la soledad o el miedo me

atormentaban más de la cuenta. No en vano la luna ha sido desde hace tiempo prácticamente mi única referencia y mi único asidero a mi pasado.

Así que la luna de Coímbra me transporta a otras lunas y a otras noches como si de cada una de ellas se desprendiera otra, igual que esas muñecas de juguete que esconden varias en su interior. En cada una de ellas pervive una persona, o una ciudad, o una época, pero también la melancolía de su pérdida; esa melancolía que ahora se mezcla en mi corazón con la de esta vieja ciudad universitaria a la que he venido a parar huyendo del frío del norte y buscando la cercanía de España. Ese país en el que ya me siento extranjero, pero que últimamente añoro, algo que nunca pensé que me sucedería.

Añoro, por ejemplo, aquella luna que veía en Bilbao cuando era niño (aquella luna de color humo que recortaba los edificios del barrio humilde en el que vivía, pero también los grandes del centro, salpicados de anuncios y de neones multicolores); la luna blanca y llena de aromas que iluminaba el campo en la noche alrededor del pueblo de mis abuelos hasta el punto de producir sombras; la luna triste del internado en el que pasé dos años, entre los diez y los doce, en un pueblo de Castilla cuando mis padres volvieron a emigrar al extranjero (por fortuna para mí, regresaron pronto); las de los diferentes países, en fin, a los que también yo he emigrado luego, aunque por diferente razón que ellos; unas más claras y otras más sucias, unas más omnipresentes y otras siempre diluidas en la niebla o entre las nubes de sus cielos húmedos... Pero, sobre todo, añoro la luna roja de Ibiza, aquella luna que lo iluminaba todo: el mar y los breves campos, las salinas y las casas de la costa, las carreteras que se perdían entre los pinos y matorrales del horizonte o entre los acantilados del litoral, con su proyector fantástico. Ninguna como ella ha iluminado mis ilusiones, mis sueños y mis deseos, mi desamparo y mi felicidad. Por eso, siempre que miro al cielo, como ahora el de Coímbra, me acuerdo de ella y de las innumerables veces que la contemplé en la noche.

Últimamente, además, quizá por la melancolía que esta ciudad destila (hasta su universidad, con ser más moderna —de la época de la dictadura—, parece contagiada ya de ella) o quizá por la cercanía del país en el que nací y crecí, la añoro con más intensidad y, con ella, a aquellos jóvenes con los que viví en Ibiza los mejores años de mi vida; los de la juventud, esos que nunca se olvidan, sobre todo cuando han sido tan felices. Aquella luna, que salía siempre (incluso cuando había nubes aparecía; muy raramente faltó a su cita), formaba parte de la armonía que presidía la vida en aquella isla en la que las estaciones y las personas se sucedían sin dejar rastro, como si todo fluyera en ella con naturalidad. Como en los antiguos tiempos, la edad de oro no era un deseo, sino la plasmación de un sueño cuya realidad vivíamos, o al menos eso creíamos, que es como si la viviéramos.

Pero aquel sueño pasó, se desvaneció lo mismo que todos en cuanto despertamos de él, cosa que sucedió en diferentes momentos, dependiendo de cada persona, en mi caso cuando volví a la Península. Por qué decidí volver es algo que ya no recuerdo, tan sólo las circunstancias que precipitaron esa decisión (la primera, la enfermedad de mi padre), aunque imagino que influiría el cansancio, pues hasta de la felicidad se cansa uno cuando se es joven. El cansancio y la falta de futuro, algo que nunca me preocupó lo más mínimo, pero que, a partir de cierto momento, me comenzó a preocupar también, para mi sorpresa.

Cuántas veces, me acuerdo, miré la luna en aquellos años preguntándome, como la canción famosa, adónde iría, en qué lugar desaparecería, qué sería de ella cuando yo ya no pudiera verla. Unas preguntas que en realidad me hacía a mí mismo y por eso aguantaba tantas horas contemplándola, incluso cuando mis acompañantes —las veces que los tenía— me habían dejado a solas con ella. A solas con aquel astro que, de tan omnipresente, parecía inmóvil, pero que compartía con las mareas y con las nubes el temblor de la tierra que palpitaba bajo ella como un cuerpo, como ahora en la noche de Coímbra.

Noche de ronda, qué triste pasa, proseguía la canción que yo oía de pequeño en la radio de la casa de mis padres (aquella radio que estaba siempre encendida; era la televisión de entonces), pero la única ronda que existe ahora es la de mis propios sueños, pienso evocando los que perdí en las diversas ciudades en que he vivido hasta ahora, en los hoteles y apartamentos en los que recalé al pasar, en las universidades a las que dediqué mi tiempo sin esperar otra cosa a cambio que un sueldo al mes. Sólo la luna sabe con cuánto esfuerzo he caminado hasta este momento, cuánta energía he necesitado para poder seguir haciéndolo algunas veces, cuánta pasión he puesto en esta novela que es la vida de los hombres, en este caso de la mía. Como la luna, he luchado contra todo: la soledad, el paso del tiempo, los desengaños, el desamor..., y como ella, aquí permanezco reemprendiendo cada día el camino de mi vida, ese camino que empiezo cada mañana como si lo estrenara siempre y que termino de madrugada cuando la melancolía me duerme como al agua de la acequia de mi abuelo o a los olivos y buganvillas de Ibiza cuando yo era joven. Aunque, a veces, como esta noche, me sumerja en el recuerdo de otras lunas y me mantenga despierto durante horas escuchando el temblor del mundo en la oscuridad...

Otra...

—¿Tú nunca has tenido miedo, papá? —me pregunta mi hijo de repente, devolviéndome al lugar en el que estoy.

Tardo, no obstante, en ser consciente de ello, puesto que la luna es igual que la de Coímbra (sólo cambia el paisaje que ilumina). Y porque la pregunta de Pedro tiene que ver con lo que pensaba, aunque él la haga por lo que quedó en suspenso: el canto de esa lechuza que a él le sobresaltó hace poco y a mí me transportó por mi memoria, como si fuera un barco perdido, hacia las fuentes de mi imaginación.

—Nunca —le miento, para que se olvide de su propio miedo. No el de esta noche, que ya ha pasado (la lechuza ha dejado de cantar), sino el que le asaltará sin duda, como a todas las personas, en su imaginación de niño.

—Pues yo sí, muchas veces —me confiesa.

Me lo ha dicho como avergonzado de ello. Como si el miedo fuera una debilidad que hay que ocultar ante los demás. Sobre todo si éstos no lo reconocen.

—Es normal —le tranquilizo—. A tu edad yo también tenía miedo.

—¿No me habías dicho que no?

—Te mentí —le concedo, sonriendo.

—¿Y cuándo lo perdiste? —me pregunta.

—Cuando cumplí los trece años —vuelvo a mentirle.

Son los que él cumplirá ya pronto. La próxima primavera, cuando los árboles que ahora nos miran estén echando sus nuevas hojas. Debería volver a traerlo para que los viera.

Aunque mejor debería hacerlo en enero, cuando la nieve cubre la línea de la Atalaya y los almendros de Santa Inés le dan la réplica con sus flores. O en el otoño, para dejarse empapar por el esplendor de unos atardeceres que se prolongan por las colinas hacia el oeste y sobre todo en la que se alza Dalt Vila, la ciudad vieja de Ibiza, sosegada por fin tras el bullicio de los anteriores meses. Cualquiera de esos momentos lo disfrutaría como lo que son: un canto a la belleza inmarchitable de esta isla, a la magnificencia de este mar Mediterráneo cuyos azules y espumas blancas esconden barcos llenos de ánforas de aceite y vino desde hace cientos de años y el secreto de la navegación antigua, a la pureza de un mundo arcaico y tradicional que languidece bajo las construcciones, pero cuyos rescoldos aún permanecen en la memoria de los más viejos y en determinados puntos del norte y del interior.

Aunque el verano tampoco los desmerece. En especial esta noche, que, junto con la de San Juan, en junio, es la más bella de todo él, con sus estrellas y sus deseos alimentando la imaginación de todos, nativos y forasteros, mayores y más pequeños, románticos y descreídos, Ibiza es una hoguera tan brillante y misteriosa como las que los ibicencos saltan la noche del solsticio veraniego para celebrar la llegada del buen tiempo. En esta noche, la hoguera es el propio cielo, pero el efecto es el mismo, no sólo sobre la naturaleza, sino también sobre las personas; un efecto que se prolonga durante horas —a veces, durante días— y que afecta principalmente a los niños, cuya imaginación es más poderosa, lo mismo que sus temores. De aquí quizá la pregunta que mi hijo acaba de hacerme y que, como todas sus preguntas, me ha dejado sin respuesta momentánea. Es más, todavía le estoy dando vueltas, buscando la verdadera.

—¿Y a qué tienes miedo? —le pregunto.

—No sé... A muchas cosas —me responde él.

—Por ejemplo...

—A los fantasmas... A la oscuridad... A quedarme solo en casa... —me responde.

—Pues no hay que tenerle miedo a esas cosas —le digo yo, sonriendo—. Un chico como tú no debería tenerle miedo a esas cosas.

—¿Tú no tenías miedo a la oscuridad?

—No.

—¿Y a los fantasmas?

—Tampoco.

—¿Y a quedarte solo en casa?

—A veces —le concedo—. Pero sólo por la noche.

—¿Ahora también?

—Ahora ya no —le contesto. Lo hago convencido de que digo la verdad, pero enseguida advierto que le estoy mintiendo: como mi hijo, también yo le tengo miedo a la soledad, sobre todo cuando la noche la hace más evidente.

Cuando era niño, me acuerdo (con la edad de Pedro ahora, más o menos), la noche me daba miedo, no por sí misma, sino por sus circunstancias, entre las que estaba siempre la soledad. Así, recuerdo las noches en que mi padre tardaba mucho en volver a casa, principalmente cuando comenzó a beber y mi madre miraba por la ventana continuamente para ver si lo veía venir. O aquellas otras, aún anteriores, en las que mi hermano y yo nos quedábamos esperándolos despiertos hasta que regresaban del cine o de donde hubieran ido, por miedo a las pesadillas. Y, sobre todo, aquellas noches del internado en las que, por el contrario, era la constatación de que no vendrían en mucho tiempo la que me impedía dormir en aquel largo corredor en el que los internos dormíamos todos juntos velados por una Virgen y un crucifijo de yeso iluminados por sendas luces de emergencia. Pero, durante muchos años, la soledad no fue para mí un motivo de inquietud, como de niño, sino, al contrario, de satisfacción. Como la noche tampoco fue el territorio de los fantasmas, sino el de la libertad y la fantasía, que en ella hundían sus raíces. Tanto en Ibiza como en los demás lugares en los que viví después, la soledad fue mi mejor compañía, la que me permitía vivir y soñar despierto, la que me posibilitaba estar siempre dispuesto a cualquier cosa, la que me facilitaba cambiar de amigos y de ciudad cuando me comenzaba a cansar de ellos o cuando tenía que hacerlo por obligación.

Fue al cabo de muchos años, viviendo ya en Barcelona, cuando volví a sentir el temor que me producían de niño la soledad y la noche juntas. Hacía ya algunos años que la primera, antes tan gratificante, tan placentera y llena de sugerencias, había empezado a volverse oscura como en los primeros tiempos, pero no me había dado miedo de verdad hasta aquella noche del mes de julio en la que la nostalgia de repente me invadió después de años sin hacerlo y el corazón comenzó a latirme a toda velocidad como cuando, de pequeño, me despertaba de madrugada a causa de un ruido extraño o huyendo de una pesadilla. Era una noche muy calurosa. Desde mi habitación no veía el mar, pero su olor entraba por la ventana abierta precipitándome en mis recuerdos, algo que me gustaba pero que, a la vez, me hería, lo que me llenaba de turbación por lo novedoso. Nunca el aroma del mar me había inquietado hasta aquella noche, jamás me había causado aquella zozobra que el corazón confirmaba con sus latidos acelerados y cada vez más fuertes y que se convertiría en miedo con el paso de las horas.

Miedo a la soledad y a la noche, como cuando era pequeño. Miedo a la soledad y a la noche y a mi propia indefensión ante las dos, cuando creía que era inmune a ellas. Y más en aquel momento, en el que, huyendo de la primera y sus consecuencias, había regresado a mi país después de dieciocho años viviendo lejos de él.

Ahora que lo rememoro entiendo el porqué de aquella zozobra, de aquel miedo repentino que sentía a medida que las horas transcurrían sin conseguir olvidarlo ni dormirme, y que entonces tanto me desconcertó. Acababa de instalarme en la ciudad. Acababa de volver a mi país después de años viviendo fuera (que se pasaron tan rápido como si fueran de vapor o humo) y de repente la realidad se me presentaba con toda su crudeza frente a mis ojos: había cumplido los cincuenta y estaba solo, más solo de lo que imaginé y me reconocí a mí mismo mientras vagaba de un sitio a otro como un fantasma, como una de esas bolas vegetales que ruedan por el desierto cuando hace viento. Y el olor del mar me lo confirmaba, pues era el mismo de mi juventud.

Y me lo recuerda ahora. Mientras la noche de San Lorenzo sigue avanzando hacia su destino, que no es otro que el de todas (y de todos los que la contemplamos: *Los soles pueden ponerse y salir de nuevo. / Pero para nosotros, cuando esta breve luz se ponga, / no habrá más que una noche eterna / que debe ser dormida,* dijo Catulo hace dos mil años), el olor del mar en la oscuridad me repite una vez más lo que ya sé y que me negué a mí mismo durante mucho tiempo, incluso después de perder a Marie y a Pedro, a cada uno de ellos por una razón distinta. Por eso me hace tan dichoso tener a mi hijo a mi lado ahora, aunque sepa que dentro de unos días regresará a París con su madre y ya no lo veré hasta la Navidad, y por eso esta noche no siento el miedo que he sentido tantas otras desde aquella en la que el mar me lo devolvió de pronto. Sin la soledad, la noche no sólo no me da miedo, sino que enciende mi corazón como un fruto más de los que ahora maduran en los frutales y arbustos de toda Ibiza, como todos los veranos en torno a esta hermosa noche de San Lorenzo.

Otra...

Vivamos y amémonos, Lesbia mía, / que no nos importe en absoluto / cuanto digan los viejos, / severos en exceso, escribió también Catulo hace dos mil años y leía yo en voz alta hace otros tantos, recordando mi universidad. ¡Qué diferente sonaba Catulo entonces, tan lejos de aquellas aulas y de aquellos cielos grises del País Vasco que ahora me parecían tan tristes!

Carolina me escuchaba tumbada sobre la arena como luego haría Nicole, aquella dulce francesa que la sustituyó en mi vida y que Marie tanto me la recordaría luego: a las dos les gustaba la lavanda y el campo de la Provenza, y como también haría más tarde Tanja (ésta cuando ya me iba), esperando a que los versos de Catulo dejaran paso a los besos y a las caricias interminables que aquéllos les prometían: *Dame mil besos, luego cien. / Después otros mil, otros cien. / Mil más, cien más. / Y, cuando lo hayamos hecho miles de veces, / confundiremos la cuenta / para que ningún malvado pueda echarnos mal de ojo / conociendo la cifra de los besos...*

Eran demasiados besos. Demasiadas caricias para sobrevivir a ellas, aunque entonces no lo comprendiéramos. Bajo la luz perfecta del sol, nuestra piel resplandecía como el oro y nuestros ojos ciegos buscaban el sexo ajeno bajo la ropa obligándonos a no pensar en otra cosa que no fuera el placer, ni siquiera el amor, ni siquiera la belleza de ese cuerpo que bajo el nuestro ardía como una llama reclamando de éste toda su voracidad. Y, aun cuando ésta se consumía, la llama seguía ardiendo, con lo que el placer y el juego no se terminaban nunca.

Carolina era la mejor. Aunque Nicole y Tanja (y alguna otra a la que también amé, bien que por poco tiempo, en aquellos años) eran más apasionadas, con Carolina el placer era mucho más intenso precisamente por lo contrario que con aquéllas: por la delicadeza con la que se me entregaba. Aunque también debía de influir el hecho de que fuera la primera de la que me enamoré verdaderamente en mi vida, puesto que las relaciones que había tenido hasta aquel momento habían sido muy efímeras y muy poco relevantes para mí. Así que no es extraño que en el tiempo que permanecimos juntos, el sexo nos ocupara bastantes horas del día (y de la noche, y de la imaginación) y que fuera tan placentero como en los mejores sueños.

¿Qué habrá sido de los suyos? ¿Seguirá pintando como hacía entonces, o habrá, por el contrario, abandonado su pasión, obligada por la vida, como tantos? ¿Y cómo será su vida? ¿Vivirá sola? ¿Lo hará con alguien? ¿Tendrá hijos? ¿Seguirá poniendo la misma pasión y delicadeza en el amor que ponía conmigo? ¿Y Nicole? ¿Y Tanja? ¿Qué habrá sido también de ellas? ¿Volverían a sus países, o se quedarían aquí para siempre? Y, si se quedaron aquí viviendo, ¿cómo estarán, a qué se dedicarán, con quién y dónde vivirán ahora? ¿Las reconocería si las encontrara?...

De Carolina supe al menos durante algún tiempo. Supe —por ella misma, que me escribió; lo hizo dos o tres veces antes de desaparecer del todo— que se volvió a Extremadura, de donde era (de Almendralejo, en la provincia de Badajoz), y que de allí emigró a Sevilla buscando abrirse camino como pintora. Pero de Nicole y Tanja no supe más. Desde que me fui de aquí, no volví a saber nada de ellas, como de tantos de mis amigos de aquella época. Y es que en Ibiza la gente iba y venía sin dejar rastro, como las nubes, y a mí me ocurrió lo mismo. En cuanto me marché de aquí (en otro barco como el que me trajo, sólo que ahora a plena luz del día), mis amigos me borraron de su vida como yo hiciera con otros antes.

En cualquier caso, tampoco sé por qué me acuerdo ahora de ellas. Y de Catulo, cuyos poemas sabía de memoria desde que los estudié en la universidad (el profesor de Literatura, que era mayor, nos hacía recitarlos en voz alta a sus alumnos uno a uno cada poco). Durante años no lo he hecho nunca y por eso me sorprende que me acuerde ahora de unos versos que había olvidado prácticamente, lo mismo que a sus destinatarias; aquellas chicas tan soñadoras a las que la edad, supongo, habrá hecho más realistas, si no más descreídas y más tristes, como a mí.

Dame mil besos, cien más. / Después otros mil, otros cien. / Mil más, cien más... me repito ahora a mí mismo mientras mi hijo mira silencioso el cielo, repuesto ya del miedo que el grito de la lechuza le provocó, evocando a aquellas chicas que tan feliz me hicieron aquellos años, pero de las que me olvidé en cuanto me marché de Ibiza. Como estrellas fugaces pasaron por mi existencia y como tales las veo brillar esta noche entre las constelaciones de mi memoria mientras las de verdad se apagan y Catulo me repite sus premonitorios versos: *Los soles pueden ponerse y salir de nuevo. / Pero para nosotros, cuando esta breve luz se ponga, / no habrá más que una noche eterna / que debe ser dormida...*

Otra...

La noche eterna (una anticipación de ella) fue lo que viví en Uppsala, en donde recalé huyendo del dolor de la Provenza y de su luz. Fue una decisión difícil de la que me arrepentí muy pronto, pero que no tenía ya marcha atrás. Al despedirme de Aix, como de Constanza antes (y como de Liubliana y Bari, y de Iasi, en Rumanía, y de Utrecht, al sur de Holanda...), había cerrado una puerta que sería muy difícil que se me volviera a abrir. En cuanto la crucé, alguien ocupó mi sitio.

Pero yo entonces necesitaba tomar esa decisión. Necesitaba alejarme de aquel lugar que tanto daño me hacía tras la separación forzosa de mi familia. Así que acepté la invitación que desde Suecia me hizo un amigo, un profesor de Literatura Española al que había conocido en Eslovenia y que ahora ejercía de titular de departamento en la Universidad de Uppsala, en aquel país. ¿Qué mejor que poner tierra por medio para intentar curar una herida que entonces me sangraba todavía sin control?

Al principio, la lejanía me sirvió para taponarla un poco. El otoño y la ciudad, cuya belleza ya conocía por la película que Ingmar Bergman rodó de su infancia en ella, me recibieron con calidez y suavizaron la enorme pena que me embargaba desde que dejé la casa que había compartido con Marie prácticamente desde que nos conocimos, y a mi hijo y a ésta junto con ella. Mi amigo Pere contribuyó, además, a hacerla más llevadera. Él había pasado por lo mismo años atrás y sabía lo que yo sentía en aquel momento, por lo que me ayudó a superar aquel amago de depresión no sólo ofreciéndome un trabajo de lector en el departamento que dirigía desde hacía poco, sino acogiéndome en su casa mientras encontraba una.

Fue el invierno el que me sumergió en la noche. Instalado ya en mi propio apartamento, en un barrio residencial de las afueras, el invierno de Uppsala se convirtió en la premonición de Catulo, cuyo poema me golpeaba como si fuera una maldición: *Los soles pueden ponerse y salir de nuevo. / Pero, cuando esta breve luz se ponga, / no habrá más que una noche eterna / que debe ser dormida... Los soles pueden ponerse y salir de nuevo. / Pero, cuando esta breve luz se ponga, / no habrá más que una noche eterna / que debe ser dormida...* Y ello no sólo porque la de verdad lo fuera (durante bastantes meses, Uppsala, como todas las ciudades de Suecia, vivió sumida en la oscuridad), sino porque la que yo sentía, aun reflejándose en ella, la superaba con sus incontenibles límites y su profundidad sin fin. La breve luz que había alumbrado mi vida hasta hacía muy poco, la del Mediterráneo francés y los pintores impresionistas que la fijaron sobre sus pinturas, la azul y blanca del Mont Ventoux, la violeta y amarilla de las novelas y cuentos de Jean Giono, mi vecino imaginario en el Manosque que ahora recordaba tanto, se había borrado de golpe dejando paso a una oscuridad como nunca había conocido en mi existencia. Ni siquiera en los inviernos de Bilbao, cuando la noche se convertía bajo la lluvia en una boca de mina o sombra. Ni en Iasi, donde a la oscuridad del mundo se sumaba la de la ciudad por la precariedad de su iluminación y su lejanía de aquél.

Y el caso es que la verdadera noche de Uppsala, la que veía desde mi apartamento o desde las ventanas de la universidad mientras impartía mis clases o preparaba las del día siguiente en la biblioteca del departamento antes de volver a casa (cosa que hacía caminando siempre, atravesando la ciudad nevada), no era más negra que aquéllas, pues, aparte de la iluminación, que permanecía encendida toda la noche, el fulgor de la nieve acentuaba su claridad. Pero era la otra noche la que a mí más me pesaba. Era la noche de la memoria, esa que de pronto cae sin que sepamos por qué razón o, conociéndola, como en mi caso en aquellos días, cómo liberarnos de ella, la que me esperaba en casa cuando regresaba a ésta y me cubría con su gran manto acompañándome ya hasta el amanecer. Por eso, muchos días retrasaba mi regreso apurando la hora del cierre del último bar que encontrase abierto o directamente en el de la universidad, y por eso empecé a escribir aquella novela que tuve que abandonar para no sucumbir del todo a la depresión. *Las lágrimas de San Lorenzo,* la titulé en homenaje a la noche en la que mi padre me llevó cuando yo era niño a ver la lluvia de estrellas hasta la era de mis abuelos, en aquel pueblo de León que olía a lúpulo y a tomillo, y con cuya evocación comencé a escribirla. Necesitaba seguramente iluminar la noche en la que vivía con otra más transparente.

Pero fue en vano. La escritura no me sirvió para iluminar mi vida, ni la oscuridad del mundo, ni la noche eterna que pronosticó Catulo y cuya anticipación yo estaba experimentando entonces. La blanca ciudad de Uppsala, la de la universidad más antigua y prestigiosa de Suecia, la capital religiosa del país y una de las más hermosas, con sus edificios nobles (la gigantesca catedral gótica, la mayor de Escandinavia, a la cabeza) y sus jardines y cementerios ahora cubiertos de nieve, caía sobre mi espíritu con el peso de una condena invisible que nada tenía que ver con ella, pese a que yo entonces lo creyera así. Pensaba que era la ciudad y no mi alma la que me pesaba tanto.

Así que aquella novela se quedó en el ordenador como tantas otras antes, interrumpida apenas nacida como mi relación con mi hijo, del que tan lejos había ido a parar. Porque era la ausencia de éste y no la noche de Uppsala la que me pesaba tanto. Era la pérdida de mi hijo, tan pequeño todavía y ya obligado a vivir sin padre (como su padre lo estaba a vivir sin él), la que oscurecía la noche con su recuerdo y traía a mi memoria aquel poema de Catulo, antaño tan luminoso y ahora tan triste, y la anticipación de la noche eterna que alguna vez tendré que dormir también. Como mi padre. Como mi hermano. Como todas las personas que a lo largo de la historia de este mundo han conocido la eternidad, algunas a la edad que yo tenía en aquel momento, cuando en Uppsala pensaba en ello por vez primera en mi vida mientras miraba caer la nieve al otro lado de la ventana y sobre los cristales de mi corazón.

La primavera llegó a Suecia como evocaba desde Baeza el poeta Antonio Machado la de su añorada Soria: tardía, pero hermosísima, precisamente por lo deseada por todos. Uppsala, y su universidad con ella, se llenaron de árboles y de estudiantes, hasta entonces borrados bajo la nieve u oscurecidos por la larga noche sueca, esa que a mí tanto me pesó y me hizo arrepentirme de haberme ido de la Provenza. Tanto como para que, a pesar de aquélla —y de que, como al viejo olmo de Soria que Machado inmortalizó en un verso, el sol de mayo me hizo revivir de nuevo—, cuando llegó el final de aquel curso, decidiera irme de Suecia, no me importaba adónde, con tal de que fuera lejos.

Mi destino, esa vez, fue Portugal.

Otra...

Los portugueses son gente buena, decía siempre mi padre cuando Portugal aparecía en las noticias, por su experiencia con los que convivió en Suiza. Con esa idea crecí y con ella llegué yo a Portugal, no cuando trabajé en Coímbra, sino muchos años antes, cuando atravesé la raya en el autobús que nos llevaba de excursión a los alumnos de aquel colegio de huérfanos (o de hijos de emigrantes como yo) en el que pasé dos años interno. Fue la primera frontera que atravesé, cuando aún no podía imaginar las que atravesaría en mi vida.

De aquel viaje recuerdo ya muy poco, tan sólo las aduanas y los *guardinhas* de la frontera, que me causaron una emoción infinita (por vez primera en mi vida tenía la sensación de estar transgrediendo algo), y la melancolía de Oporto reflejándose en el Duero y en la lluvia; una lluvia que no nos abandonó en todo el viaje y que identificaría ya siempre con Portugal, lo mismo que las fronteras, fueran del país que fueran. Del regreso, sin embargo, recuerdo la emoción que me embargaba tras haber conocido otro país y otras personas que hablaban de un modo distinto al nuestro, pero que se mostraban muy amables con nosotros. Definitivamente tenía razón mi padre: los portugueses eran gente bondadosa.

Cuántas veces a lo largo de mi vida evoqué aquel viaje infantil, el primero que hacía sin mi familia (y el único, que recuerde: aquel año, mis padres y mi hermano regresaron de Suiza y me sacaron de aquel colegio en el que tanto los eché de menos), al cruzar otras fronteras y entrar en otros países. Fueron muchas y algunas difíciles de cruzar, por las circunstancias políticas de aquéllos. No fueron, sin embargo, las únicas fronteras que crucé. Antes de ellas o al mismo tiempo que ellas, a lo largo de mi vida he cruzado muchas otras, algunas sin darme cuenta siquiera. Hablo de las fronteras del sentimiento, de la que separa la inseguridad del sexo, de la que divide en dos ese núcleo en el que confluyen la protección y la libertad y que tan difícil es de atravesar a veces. En todas me detuve unos instantes como en la del río Duero al entrar en Portugal (que sólo era una barrera, la que dividía en dos la calzada a la entrada de un puente sobre aquél) y en todas tuve un recuerdo fugaz para mi familia, que nunca cruzó otra raya que la de la emigración —mis padres— o la de la eternidad —mi hermano—.

Pedro, en cambio, a pesar de su corta edad, ya ha cruzado algunas más; una en el mapa, entre España y Francia (lo ha hecho unas cuantas veces), y las otras en la vida, comenzando por la que le separó de mí. Fue la más dolorosa de todas y lo continúa siendo. Porque la separación a la que nos obligó la vida sigue pesando sobre los dos, como Pedro acaba de demostrarme hace poco. Por mi parte, aunque él no lo sepa, esa frontera lo ha determinado todo: mis decisiones y mis arrepentimientos, mis residencias y hasta mi soledad de ahora.

Desde que me separé de Pedro todo ha sido diferente y más duro para mí. Acostumbrado como ya estaba a aquella vida tranquila que, tras la irrupción de Marie en ella, había sustituido a la agitada e itinerante —en todos los órdenes— de años atrás, volver a ésta me había supuesto un enorme esfuerzo, que contribuyeron a agudizar algunas decisiones mías, como la de aceptar aquel destino en Uppsala o la de regresar a Francia creyendo que allí me esperaba alguien. Me esperaba Pedro, es verdad, pero no podía vivir con él. Y, además, Marie y él se habían mudado a París, donde ella trabajaba ahora, mientras que yo lo hacía muy lejos, en el único lugar de Francia en el que encontré una plaza libre de lector: Toulouse, la capital de los exiliados españoles de la guerra y de mi propio exilio tantas décadas después.

¿Qué hacía yo allí, al cabo de cuatro años, dando clases de español a unos muchachos, algunos de los cuales, ciertamente, tenían sangre española, la que heredaron de sus abuelos, antiguos comunistas o anarquistas, a través de sus padres o sus madres, pero que, como Marie y Pedro, eran franceses ya por completo?, pensaba yo mientras paseaba por las orillas del río Garona contemplando los árboles de la ribera y a lo lejos, hacia el sur, las azuladas crestas de los Pirineos; tan aparentemente cercanas, pero en realidad tan lejos. Como los exiliados de la posguerra, las contemplaba también con mucha melancolía, aunque mi melancolía tenía más que ver con mi juventud que con mi país, con una isla que con mi familia. Porque, salvo mi madre, mi familia estaba allí, del mismo lado que yo de los Pirineos. Pese a lo cual me sentía un exiliado, algo que nunca me había pasado hasta aquel momento, a pesar de llevar muchos años ya siéndolo efectivamente.

Fue en aquel tiempo, mientras, al salir de clase, paseaba en solitario por las calles de Toulouse o viajaba hasta París en trenes que cruzaban un país que cada vez sentía más lejos de mí para poder estar con mi hijo apenas cuarenta y ocho horas, incluso menos en ocasiones, cuando empecé a considerar una idea que ni siquiera se me había pasado por la cabeza hasta entonces: regresar a España, mi verdadero país. Al principio, la idea fue un simple pálpito, un sentimiento abstracto y nada creíble, como tantos de los que se me presentan, pero poco a poco comenzó a crecer y a convertirse en un pensamiento que se me instaló en el alma como un color o un olor constante y que terminó por volvérseme una obsesión. No tenía ya otra idea en la cabeza. Sólo la de regresar a España y comenzar una nueva vida allí, quizá la vida que nunca llegué a vivir de verdad porque, como decía John Lennon, la vida es eso que te sucede mientras estás ocupado haciendo otros planes.

¡La vida es eso que te sucede mientras estás ocupado haciendo otros planes!... ¡Cómo me obsesionaba ahora aquella frase de Lennon que yo mismo había repetido tantas veces, no como una descripción de mi vida, sino de aquella a la que aspiraba, sin saber lo que quería decir realmente! Porque de repente lo había comprendido. Merced a mi soledad y a mi desvarío, que habían aumentado tras mis años en Suecia y Portugal (tres en total, pero que se me hicieron eternos, en especial los dos últimos), había comprendido finalmente lo que la frase de Lennon significaba, que era justo lo contrario de lo que yo había entendido hasta entonces: que la vida es eso que pasa mientras estamos ocupados en pensar qué hacer con la nuestra.

Bajo los árboles del Garona, cuya corriente seguía su curso llevándose las hojas caídas y los pensamientos de los que la mirábamos, aquella primavera tomé otra decisión. Se había acabado mi vida de profesor trotamundos. Se habían terminado para siempre aquellas pesadas clases que no me interesaban lo más mínimo, salvo porque me permitían vivir económicamente, y aquellos agotadores viajes a París de fin de semana para poder ver a Pedro unas pocas horas. Regresaba a España. Regresaba a un país que ya no era el mío (nunca lo fue de verdad), pero en el que la gente hablaba mi mismo idioma y en el que permanecía la única persona que, junto con mi hijo, me unía ya a algún lugar: mi madre, que había ido envejeciendo poco a poco mientras yo daba tumbos de un sitio a otro, del mismo modo en el que mi hijo ha ido cumpliendo años sin que yo me haya dado cuenta apenas hasta esta noche.

Y a mi hijo podía seguir viéndolo sólo con alargar los viajes en tren unas cuantas horas...

Otra...

—¿En qué piensas?

—En las estrellas —me dice Pedro, mirándolas.

—¿Y qué piensas de ellas?

—Que son muchas... Y que siempre están en el mismo sitio.

—¿Tú crees?

—Salvo las fugaces, claro.

—Como yo... —le digo, con una sonrisa.

Pedro me mira sin responder. ¿Qué le pasará por la cabeza ahora? Al fondo, en el horizonte, las luces de un automóvil rasgan la oscuridad de la noche como las de los camiones la de las carreteras de Francia mientras yo viajaba en tren a París. ¡Qué sentimiento de soledad me causaban! Sin embargo, éstas de ahora me producen la sensación contraria: de compañía y de tranquilidad.

—Perdóname —le digo a Pedro, mientras mantengo la vista perdida en ellas. Él me mira sin comprender; su expresión así lo transmite—. Por haberte abandonado —añado.

Pedro se queda en silencio. Me mantiene la mirada brevemente como queriendo saber por qué le pido perdón ahora, cuando antes le negué que le hubiera abandonado como él piensa desde entonces, y luego vuelve a mirar al cielo, ese que siempre está en el mismo sitio mientras su padre va de un lugar a otro. Como esa estrella fugaz que acaba de deslumbrarnos hace un segundo.

Y que a mí me ha hecho regresar a España. No sólo en mi memoria, que también, sino aquí, en esta colina en la que mi hijo y yo miramos pasar la noche como dos sombras. Las que proyectamos contra las de los pinos.

—Sé que no me vas a creer, pero te lo cuento igual —le digo a Pedro, mirando también al cielo, que la última estrella fugaz ha dejado incandescente unos segundos—. Todo, absolutamente todo lo que yo he hecho desde que tú naciste ha sido pensando en ti, pensando en tu felicidad. También en la mía propia, no te lo niego, y en la de tu madre mientras estuvimos juntos, incluso luego, cuando nos separamos, pero sobre todo en tu felicidad... Quiero que lo tengas claro.

Las luces del automóvil desaparecen en la lejanía y con ellas la única señal de vida que se veía en toda la zona. Hay más luces, pero están quietas, lo que delata su somnolencia. La misma somnolencia que muy pronto atacará a Pedro también, pues no está acostumbrado a trasnochar. Aunque la novedad le mantenga despierto como a mí en aquella era cuyo olor a cereal sigo sintiendo, mezclado con los aromas que pertene-

cen a la realidad de ahora, más de cuarenta años
después de haberlo sentido.

—Huele bien —le comento a Pedro, tras
esperar una respuesta a mi declaración de antes.
Una respuesta que él no me da, sin duda porque
no la tiene.

—A pino —me contesta, en cambio, ahora.

—A pino, a jara, a romero, a jazmín, a
mar... Huele a Ibiza —le respondo.

Pedro me mira de reojo, disimuladamen-
te, como si no quisiera que yo le descubra haciéndolo. Se ve que le ha sorprendido que le pidiera
perdón por dejarlo solo y aún más, si cabe, mi
alusión a los olores de esta isla, cuya relación con
aquello no acabará de encontrar, como es natural.
Porque no la tiene. Se trataba simplemente de un
vacío dentro de otro vacío, de un comentario
para borrar otro comentario; éste, anterior y más
doloroso. Porque pedir perdón a mi hijo, aunque
sea de la forma en que lo he hecho: como si me lo
pidiera a la vez a mí, no ha sido fácil, ni mucho
menos. De ahí lo de los olores, cuya presencia ha
ido en aumento a medida que los sonidos iban
desapareciendo, lo mismo que las señales de vida
a mi alrededor. Todo duerme en torno a mí, a excepción de mi hijo y de los pescadores, éstos en la
lejanía.

—Algún día —le digo a Pedro, mirando
también al cielo, que cada vez tiene más estrellas,
o me lo parece a mí—, cuando pase mucho tiem-

po, cuando la vida nos haya separado de verdad y no temporalmente como hasta ahora, aquí o en otro lugar volverás a sentir este mismo olor y te acordarás de mí como yo me acuerdo siempre de mi padre cuando, dondequiera que me encuentre, me llega un olor a trigo, o a lúpulo, o a gasolina. Irás por un camino o estarás mirando al cielo una noche, solo o en compañía de alguien, y de repente te llegará un olor a pino y a mar, a jazmín y a jara mezclados, y te acordarás de mí y de esta noche y entenderás por qué te acabo de pedir perdón. Y me perdonarás tú a mí, espero, como yo perdoné a mi padre cuando me pasó lo mismo...

—¿A ti también te pasó lo mismo? —me interrumpe Pedro, con ojos de gran sorpresa.

—Nos pasa a todos los hijos —le respondo yo—. Todos en algún momento comprendemos por qué nuestros padres hicieron las cosas que hicieron. Y a ti te sucederá también; lo verás cuando pase el tiempo.

Pedro se queda pensando, como tratando de comprender lo que yo le he dicho. Tumbado sobre la manta, parece mayor de lo que es, aunque su mirada indique que sigue siendo un niño. Un niño con el corazón de un hombre, por causa de las circunstancias.

—¿Ves todas estas estrellas? —sigo contándole mientras él me escucha; lo hace en silencio, sin apartar la vista del cielo, como si estuviera imantado por su profundidad—. Llevan ahí millones de años; millones de millones, según dicen los astrónomos. Parece que no van a desaparecer jamás y, de repente, dan un salto en el vacío y se borran para siempre como si nunca hubiesen estado ahí... Pues lo mismo pasa con las personas. Parece que van a durar siempre, que nunca te abandonarán del todo y, cuando te das cuenta, han desaparecido del mundo sin ni siquiera dejar un rastro de luz como las estrellas; todo lo más una leve huella en la memoria de quienes las amaron que desaparecerá con éstos, porque también ellos desaparecerán un día. Y así generación tras generación, lo mismo que las estrellas...

Cual la generación de las hojas, así la de los hombres... escucho a Homero decir en mi corazón mientras observo a Pedro mirar al cielo sin desconfianza. ¡Quién tuviera su inocencia para poder hacerlo de esa manera!, pienso mientras lo contemplo. ¡Quién pudiera no saber lo que yo sé y esperar de la vida y de las estrellas lo que él espera! ¡Quién pudiera, como Homero, escuchar una y mil veces en el tiempo lo que ha escrito!: *Esparce el viento las hojas por el suelo / y la selva, reverdeciendo, produce otras al llegar la primavera: / de igual suerte, una generación humana nace y otra perece.* Le envidio mientras lo recito, sabedor de que nadie lo hará con mis pobres prosas.

—¿Eso lo has escrito tú? —me pregunta Pedro, de nuevo con ojos de gran sorpresa.

—No... Lo escribió un ciego hace más de dos mil años. Se llamaba Homero —le digo.

—Es bonito.

—Sí, es bonito...

Otra...

Cual la generación de las hojas, así la de los hombres. / Esparce el viento las hojas por el suelo... Recito ahora ante mis alumnos de Iasi como antaño lo hice ante los de Constanza o Utrecht y, antes de eso, en la de Bari y, antes aún, en la Universidad de Bilbao (ahora el alumno soy yo), y quién sabe si también en el colegio en el que estuve interno dos años, entre los diez y los doce, rodeado de huérfanos y de hijos de campesinos cuya única manera de estudiar era encarcelarse allí en medio de un paisaje horizontal y desolado, de un territorio pardo y sin perspectivas y sin apenas árboles que dejaran caer sus hojas cuando hacía viento sobre la tierra. Pero, mientras recito el poema de Homero, mi imaginación vuela hacia el Mediterráneo, donde las hojas, supongo, habrán comenzado a caer, pues ya es otoño en Europa, aunque no con la prodigalidad de esta ciudad del este de Rumanía, en la frontera con la antigua Unión Soviética.

Cómo he llegado hasta aquí es algo que yo mismo me pregunto, pues no tengo una respuesta muy concreta para ello, salvo la de la curiosidad por conocer un país del Este. El caso es que aquí estoy leyéndoles a Homero a unos muchachos parecidos a los de cualquier ciudad europea, pero muy diferentes por su formación y vida, determinados hasta hace poco por el comunismo. Su indumentaria también es diferente todavía, lo que me hace sentirme extraño ante ellos. Y, sin embargo, son de la misma generación de jóvenes que han brotado en Europa en estos años, la última del siglo XX, la que sustituirá a la mía cuando comience a agostarse y a pudrirse como les ha ocurrido a todas, antes, en todo caso, de lo que desearíamos sus integrantes. Porque, aunque parecen frágiles como todos los muchachos a esa edad, tienen ya esa fuerza interna que yo tenía cuando la compartía y que me sacó de casa como un tornado cuando el futuro parecía ya escrito para mí.

Así que, mientras leo la *Ilíada* en voz alta para que ellos escuchen cómo suena en español, mi imaginación vuela hacia un mar lejano, el mismo mar que Homero cantó en sus epopeyas legendarias, y hacia una isla en la que la libertad caía en forma de hojas (o de estrellas, en las noches de verano) cuando yo tenía la edad que ellos tienen ahora. Pero mi imaginación no se detiene allí. De Ibiza vuela hacia las ciudades en las que he vivido hasta este momento: Bari, Constanza, Liubliana, Utrecht..., y en las que jóvenes como éstos me han escuchado leer los mismos poemas con la misma atención y el mismo deslumbramiento. Porque la voz de Homero sigue siendo la misma del primer día, la misma desde la época en la que el legendario ciego de Quíos compuso ese magnífico poema cuyas estrofas resuenan ahora en mi voz convocando a los fantasmas del pasado, esos que se fueron ya, y despertando en quienes me escuchan la misma emoción que yo siento, a juzgar por cómo me miran. Hay una chica, incluso, la más bella de la clase (de pelo largo, trenzado, y ojos de color arcilla, recuerda a una estatua griega), que parece a punto de llorar a juzgar por el brillo de sus pupilas.

¡Oh, brizna!... ¡Oh, flor del tiempo!, creo escuchar a Celan ahora contemplando a estos muchachos que me observan en silencio con la curiosidad de lo novedoso. Es mi primer día de clase y mi segundo en esta ciudad rumana a la que llegué en tren desde Bucarest (siempre el tren yendo y viniendo), pero ya sé que son como todos, como los de cualquier país europeo, de esos en los que yo he enseñado hasta ahora, por más que hayan vivido prácticamente toda su vida detrás de una frontera infranqueable y en un mundo a años luz de los demás. Las mismas caras, los mismos ojos, las mismas expresiones de emoción o de sorpresa al escuchar los versos de Homero que ya he visto en tantos sitios vuelven a recordarme los míos cuando era como ellos y vivía muy lejos de este lugar. Porque la generación de los hombres no conoce otras fronteras que los años, esos que son iguales para todos, salvo para los que ya se fueron, y que yo ya empiezo a añorar al ver cómo se alejan de mi vida mien-

tras que mis alumnos, sean de donde sean, siguen teniendo los mismos siempre. Me lo dijo en Utrecht un profesor, un viejo catedrático español huido de la dictadura franquista y convertido ya en holandés al cabo de tantos años viviendo allí (casi cuarenta, según me dijo): la tragedia de los profesores es que cada curso que pasa tenemos un año más, mientras que nuestros alumnos tienen los mismos siempre.

Y qué razón le asistía, pienso contemplando a éstos mientras Homero sigue sonando en mi boca, que ahora recita los versos en los que el troyano Glauco y el aqueo Diomedes, depuesta brevemente su cólera guerrera, hablan en el campo de batalla y se reconocen en sus antepasados, aunque en mi corazón los versos que suenan son los de otro poeta, antiguo compatriota de estos muchachos cuyo nombre quizá nunca hayan oído porque la dictadura comunista lo borró de los archivos por traidor, que me hablan directamente a mí: *Él no conoce la capa y no llama a la estrella y sigue a la hoja que oscila delante. / «Oh, brizna», cree escuchar, «oh, flor del tiempo»*...

Misteriosamente, es la primera vez que pienso en el tiempo con melancolía y lo hago en una ciudad en la que acabo de desembarcar y delante de unos alumnos que me recuerdan a mí cuando tenía su edad por su indumentaria, pero que nada tienen que ver conmigo. ¿Será el comienzo de una nueva época?

Otra...

Todas las épocas se terminan, me había dicho Daniel años atrás en la terraza de un restaurante cercano a la catedral, en la zona alta de Dalt Vila. Desde nuestra posición veíamos parte de la muralla que protegió la vieja ciudad de Ibiza durante siglos y, detrás, la lámina azul del mar, infinito en todas las direcciones. Terminaba el mes de septiembre y la calma regresaba a la isla poco a poco.

Había quedado con él para despedirme. Como a todos mis amigos, ya le había dicho que me volvía a Bilbao (a la Península dije, sin precisar el lugar; todavía no sabía cuál sería mi destino finalmente), pero con Daniel quise quedar antes de partir. Era mi mejor amigo. Lo fue desde que llegué a la isla y lo continuó siendo durante los nueve años que permanecería en ella. Pese a lo cual, nunca volví a saber de él, más por voluntad mía que suya, como le anuncié aquel día. Se había acabado una época y con ella todo lo que la había llenado.

—Es lo mejor —me justifiqué, aunque tampoco lo necesitaba: en el fondo, él compartía mi deseo—. El pasado pasó, estuvo bien como fue y mejor que quede en nuestro recuerdo, ¿no crees?

Daniel se quedaba allí. Claudia, su novia desde hacía años, iba a tener su primera hija y ambos habían decidido echar raíces en una isla a la que habían llegado ya juntos. Como decía el propio Daniel, los argentinos son de donde los aceptan, no de donde deberían.

—No es mal sitio para envejecer... —me sonrió como hacía siempre: con esa mezcla de escepticismo y resignación tan característica de él, al menos en aquella época.

—No, no es mal sitio —le sonreí yo a mi vez, mirando detrás de su cabeza la ciudad, que se extendía abajo blanca de casas y de gaviotas y bulliciosa de actividad a aquella hora del mediodía. A lo lejos, en el puerto, los barcos iban y venían ajenos a los que los observábamos.

Alguna vez también yo lo había pensado: quedarme allí para siempre y envejecer poco a poco viendo salir y ponerse el sol cada día, brotar y caer las hojas de las higueras y de las parras, partir y volver las barcas de pesca y los *ferries* que unen Ibiza con la Península y con Formentera, llegar e irse los turistas, como hacían desde tiempo inmemorial los ibicencos y, de unos años para acá, también bastantes personas que, como Daniel y Claudia, habían llegado a la isla para pasar unos pocos días o meses y se acabaron quedando para siempre aquí. Pero mi pensamiento no pasó de ser una idea difusa. Aunque la isla me envenenó como a tantos otros y me sumió en esa especie de encantamiento que afecta a quienes la conocen (un encantamiento extraño, semejante a una suave hipnosis que te adormece los pensamientos a la vez que te abre y excita los sentidos), siempre supe que Ibiza era una estación de paso y no la definitiva en un viaje vital que esperaba largo, como la realidad me está demostrando. Por eso, precisamente, tuve muy claro también, cuando decidí marcharme, que jamás volvería a aquí, ni siquiera de visita para ver a los amigos, cosa que he mantenido hasta el día de hoy. Pedro ha sido el que me ha hecho incumplir esa promesa.

—Ha sido una buena época, de todos modos —me volvió a sonreír Daniel, disimulando la melancolía que mi partida nos producía a los dos. Habían sido nueve años de compartir sueños y experiencias, emociones y fiestas de todo tipo, desde que nos conocimos en aquel café del puerto en el que él trabajaba de camarero cuando llegué (por el día, además, hacía los trabajos de marroquinería y cuero que Claudia vendía a los turistas en el paseo de Vara del Rey o en el mercado al aire libre de Las Dalias, en San Carlos).

—Sin duda —le respondí yo, pagando la cuenta y levantándome para regresar al puerto, donde tomaría el *ferry* para Valencia en un par de horas.

Fue la última vez que nos encontramos. Nos despedimos enfrente del Montesol, el hotel que marca los días de Ibiza y todas sus gentes, ya sean nativas o forasteras, con su fachada neocolonial y su terraza siempre atestada de personajes

159

famosos, y no volvimos a vernos más ni a saber el uno del otro. Así lo acordamos en aquel encuentro, el último de una larga lista que concluía aquel día de septiembre con la imagen de Daniel alejándose en busca de su coche, que había aparcado cerca de allí, para volver hacia Santa Inés, donde ahora vivía (en una casa de campo parecida a la mía de Pere Lluc, aunque de construcción moderna), y yo haciendo lo propio en dirección al hangar del puerto del que partían los *ferries* para la Península y en cuya consigna había dejado mi equipaje antes. Mientras me acercaba a él, pensaba en aquel muchacho que había llegado al mismo hangar tiempo atrás con la cabeza llena de ilusiones, pero también de dudas y de temores ante un futuro que desapareció de golpe en cuanto puso los pies en él. En efecto, tenía razón Daniel: todas las épocas se terminan y lo mejor es dejar que se desvanezcan en lugar de prolongarlas artificialmente en el tiempo como he visto hacer a muchos ignorando que la naturaleza de éste es precisamente su fugacidad.

Otra...

¿Qué pensaría Pedro si lo supiera? Quiero decir: ¿qué pensaría Pedro si ahora supiera que todo pasa y desaparece como esas luces que se encendieron hace millones de años en el universo y que de repente dejan de existir como esta que acaba de hacerlo ahora? ¿Estaría tan tranquilo como está?

Cuando tenía su edad, yo era tan confiado como él. Pese a que ya había conocido la muerte, incluso la desaparición (la de mi tío, que me contó mi padre muy pronto), yo era un niño confiado y sin ningún recelo hacia la realidad. Fueron los años de la adolescencia los que me hicieron perder la confianza en ella y sobre todo la desaparición de mi hermano Ángel. Pero Pedro, por fortuna, no ha conocido aún el final de nadie. Por fortuna para él, su vida ha transcurrido hasta este momento sin que nada rompa el equilibrio que sostiene su delicado mundo, que se reduce a un padre que va de un lugar a otro pero que siempre vuelve cuando le dice, una madre que lo cuida como si fuera el único niño en el mundo (y, en cierto modo, lo es) y una familia —la de ella— a la que ve también a menudo, ya sea en París o en

Burdeos. La otra abuela, la que vive sola en España, es para él un fantasma y más desde que ya no lo reconoce.

Así que ¿cómo explicarle que todo lo que está viendo desaparecerá algún día, que las estrellas no son eternas y que lo mismo pasa con las personas, al igual que con sus creaciones? Y, sobre todo, ¿por qué explicárselo si es feliz viviendo así, ignorante de la fugacidad del mundo y de la limitación del tiempo, como yo lo fui también hace siglos? Mejor que siga creyendo que las estrellas son las únicas que huyen en la noche y que el resto de las cosas permanecen siempre en el mismo lugar y del mismo modo, como yo también lo creí en su día.

Luna lunera, cascabelera... «¡Tres marinos a la mar!»... «Se murió tu abuelo»... «Volveremos a buscarte pronto»... «¡Gallina!»... «Hay que seguir viviendo»... «Cada estrella que pasa es una vida»... «Me voy»... «¿Y adónde te vas a ir?»... «¡El tiempo, el tiempo!»... *Cual la generación de las hojas, así la de los hombres...* «Todas las épocas se terminan»... «¡Ay, mi hijo! ¡Ay, mi hijo!»... ¡*«Oh, brizna, oh, flor del tiempo»!... Amémonos, Lesbia mía...* «Perdóname, por favor»... «Me gustaría que se parara el tiempo»... *Pero, cuando esta luz se ponga, no habrá más que una noche eterna...* «¡Mírala!, ¿la ves allí? ¡Aquella que luce tanto!»... Las frases se agolpan en mi memoria mientras a mi alrededor el mundo sigue parado y sin hacer ruido y mi hijo parece un fantasma más de los que pueblan la noche y yo una sombra a su lado, negra como las de la colina. Debe de ser el fulgor del cielo el que hace que todo se confunda.

—¿Alguna vez —le pregunto a Pedro— habías visto tantas estrellas?

—No —me responde él.

—Yo tampoco —le confieso.

Aunque, en realidad, no es cierto. En este mismo lugar, hace ahora muchos años, he visto tantas estrellas como esta noche. Y en el pueblo de mi padre, hace todavía más tiempo.

—Deberíamos volver aquí todos los veranos —me dice Pedro, con admiración.

Lo dice y guarda silencio. Pero a mí me hace pensar. No en lo que ha dicho, que es comprensible (es su primera vez en Ibiza, esta isla en la que las estrellas vuelan), sino en lo que significa su deseo, que ha sido el mío durante años, concretamente desde que él nació. Como mi padre a mí, desde que Pedro existe he soñado con traerle a este lugar para que sienta lo que yo sentí en un tiempo, esa felicidad que no necesita más que de una noche estrellada para ser total y completa.

—Volveremos aquí siempre que tú quieras —le digo a Pedro sin desvelarle que su deseo es también el mío, sólo que yo ya no creo en las estrellas.

Pero, a pesar de ello, veo otra estrella volar y le pido que se cumpla su deseo, más por mi hijo que por mí, que he visto tantas estrellas desaparecer para siempre en el firmamento como deseos difuminarse en el tiempo sin haberse llegado a cumplir.

—Cuando sea mayor, voy a escribir un libro.

—¿Un libro?... ¿Tú?...

—Sí, yo.

—¿Sobre qué?

—Todavía no lo sé.

Huele a café caliente y a leche. Y a pan. Y a bollos de mantequilla, de esos que mi madre hace una vez a la semana para que los desayunemos mi hermano y yo. Mi padre sólo toma un café con leche antes de irse a trabajar.

«Deberías comer algo sólido», le recrimina siempre mi madre sin que él le haga caso nunca. «No tengo hambre», le responde.

El vapor de la leche sube hacia el techo. Por las ventanas se ve el humo de una fábrica y tras él un puente borroso. Llueve, como casi siempre.

—¿Y cómo se va a llamar?

—Tampoco lo sé —le respondo a Ángel.

Sé que no me toma en serio, pero a mí no me importa mucho. Algún día se llevará una sorpresa, pienso mientras me peino para salir.

Veinte años después de esa mañana, la conversación se repite en términos parecidos, sólo que a muchos kilómetros de mi casa. Mi interlocutora ahora es una alumna alemana con la que me acuesto desde hace varios meses. Lo hacemos con discreción, para no tener problemas.

—Quiero que sea mi gran novela.

—¿Y cuándo vas a escribirla?

—Cuando de verdad la sienta —le digo mirando al techo, en el que se refleja la llama de la vela que Herta enciende siempre cuando nos encerramos en su habitación. Vive con dos compañeras, que son también mis alumnas.

—Es bonito —me dice ella al cabo de un rato, refiriéndose al título de mi novela, que es lo único que sé de ella hasta este momento: *Las lágrimas de San Lorenzo*.

Lo escribí hace tiempo ya. Tanto como ha pasado desde la noche en la que junto a mis amigos miraba las estrellas y fumaba tumbado sobre la arena de aquella cala ibicenca cuyo nombre, Salada, nunca olvidaría porque en ella descubrí que la memoria no era una debilidad, sino, al contrario, la única patria de las personas que, como yo, hemos renunciado a todas. Fue poco antes de que mi padre cayera enfermo y, por eso, siempre la consideré un presagio, igual que la imagen de éste mirándome desde las estrellas.

—¿Y por qué las llaman así? —le había preguntado yo otra noche, aquella en la que me llevó a la era en la que había trillado con su familia cuando era joven y que yo recuperaría al cabo de tanto tiempo en Ibiza.

—Porque parecen lágrimas, ¿no las ves? —me contestó mi padre quizá evocando otra noche, aquella en la que el abuelo le habría contado a él esa misma historia—. Y de San Lorenzo porque hoy es la noche de San Lorenzo.

Cae la noche sobre Aix. Veo la luna sobre París, sobre Liubliana, al otro lado de la frontera italiana de Trieste. Anochece en Utrecht y en Iasi. Llueven estrellas sobre Coímbra, sobre Constanza, al pie de los Alpes, sobre la nieve eterna de Uppsala, en Suecia, sobre los trenes que cruzan Francia bajo la noche en busca de la ciudad en la que vive mi hijo ahora o del país en el que mi madre me espera desde hace años, cada vez más vieja y más sola. Cambian las lenguas y las ciudades, pasan los años y las personas, pero las lágrimas de San Lorenzo siguen conmigo acompañándome a todas partes, iluminando mis decepciones y mis recuerdos, convirtiendo mis deseos en arena y mi melancolía en nostalgia. Porque las lágrimas de San Lorenzo no son sólo una metáfora del tiempo. Son sobre todo la prueba de que la vida es apenas una luz en las tinieblas de un universo infinito, pero a la vez tan fugaz como los deseos del hombre.

—¡Ojalá la vida no se terminara nunca! —exclama ahora Marie contemplando el atardecer sobre la Provenza desde la colina a la que se encarama el pueblo de Gordes.

—Sería aburrido, ¿no crees? —le contesto yo, ebrio de los colores que el campo ofrece en esta tarde del mes de julio en la que la luz estalla como una herida sobre la tierra.

—La belleza nunca cansa —dice ella, cuyo entusiasmo por todo es contagioso.

—Salvo la tuya —bromeo yo.

La frase (y la luz de Gordes) la recordaré en Uppsala pasado el tiempo mientras la nieve tiñe de blanco los edificios de la universidad. Y en Toulouse, años después, mientras las hojas caen sobre el río Garona, que surcan pequeños barcos con mercancías. Y en Coímbra, contemplando el río Mondego desde el chalet de mi amigo António con el sonido de un fado al fondo. Y en Bilbao, mientras callejeo sin rumbo mirando pasar la gente como si fuera un extranjero en la ciudad en la que nací y crecí y en la que mi madre se va alejando de mí paulatinamente. Como la recuerdo ahora, tanto tiempo después de aquella tarde que me devolvió el amor tras varios años sin sentirlo y cuya pérdida me sumió en una oscura noche contra la que intenté luchar escribiendo, sin conseguir otra cosa que una oscuridad mayor. Y es que las lágrimas de San Lorenzo, aquellas que descubrí en una era, en un pueblo diminuto de León, hace casi medio siglo y que desde entonces he mirado cada año, a veces solo y otras en compañía, desde el lugar en el que estuviera, no caben en la imaginación, cuánto más en una novela.

Otra...

—Lo que tienes que hacer es escribir.

La recomendación de Vida, mi compañera de departamento en Toulouse y mi mejor amiga en esa ciudad (como hija de anarquistas españoles enseguida se convirtió en mi guía), retumba en esta azotea desde la que contemplo los edificios de Barcelona, el lugar que he elegido para mi regreso a España por su proximidad a París y a Aix, a donde debo viajar cada poco (Marie y Pedro viven ahora a caballo entre ambas ciudades), y a Bilbao, donde mi madre, perdidos todos sus recuerdos, ya ni siquiera me espera, pero también por su vecindad al mar que tanto había añorado mientras vivía en el norte de Europa. Llevo aquí ya un par de meses. Lo suficiente para tomarle el pulso a esta gran ciudad cuya luz me devuelve a los viejos tiempos del sur de Italia y de Ibiza, lo que me hace sentir menos solo.

Además, está Mercè. La conocí al día siguiente de instalarme en este edificio (un edificio cercano al puerto y a Santa María del Mar, la vieja iglesia de los marinos y pescadores barceloneses) y en este tiempo hemos intimado mucho. Vivimos puerta con puerta y los dos estamos solos. Al parecer, ella desde hace muy poco, desde que se separó del chico con el que compartía su vida y su profesión. Trabaja en el teatro, aunque ahora está en el paro, como yo.

Pero a mí no me preocupa. Al menos, por el momento. Aparte de que dispongo de algún dinero de reserva, el regreso a mi país me ha devuelto el optimismo, como si hubiese retrocedido en el tiempo. Hasta el sol me parece más brillante viéndolo desde esta azotea que se asoma a otras como ella.

La más cercana es la de Mercè. Su tendedero siempre está lleno de ropa y la visión de sus bragas y sus sujetadores colgados como despojos me turba, máxime desde que la conozco. Aparte de su belleza y de su extraordinario atractivo, Mercè tiene una sensualidad extraña que favorecen sus generosos escotes y sus faldas de colores, que también cuelgan del tendedero. A veces, éste parece una pintura o un mural colgado del viento.

—Lo que tienes que hacer es escribir —me aconseja ahora Marie mientras paseamos con Pedro por las orillas del Sena. Últimamente hemos recuperado la sintonía que habíamos perdido con nuestra separación.

Pero no es fácil. Por lo menos a mí no me resulta sencillo volver a escribir de nuevo después de años sin hacerlo. Desde que lo intenté en Suecia, la escritura ya no ha sido para mí aquella actividad ensimismada que tanto me acompañó en algún tiempo cuando me sentía solo o cuando deseaba estarlo por algún motivo. Tanto en Ibiza, cuando era joven, como después a lo largo de mi periplo como lector por diferentes países de Europa, escribir me sirvió, además de entretenimiento, para llenar mis ratos de soledad, que fueron muchos en alguna época. Cuando conocí a Marie, volví a hacerlo nuevamente (lo había dejado hacía tiempo, decepcionado por la imposibilidad de publicar), pero ahora de un modo distinto: como una nueva pasión que se sumaba a la de la vida en vez de sustituirla, como me había ocurrido hasta entonces. Pero en Uppsala esa pasión ya no existía. Al contrario, había sido borrada por un vacío de nieve que me llenaba el corazón de recuerdos. Y que me lo congelaba al tiempo, pues cada uno de éstos caía sobre mí como un gran copo.

Por eso me cuesta tanto volver a escribir de nuevo. Por eso y por esta luz azul y blanca de Barcelona que me devuelve a una época perdida en la que escribir no era para mí una profesión, ni siquiera una afición desconocida por los demás o compartida con poca gente, sino la propia vida, que se escribía debajo de las estrellas. Como para Mercè el teatro, o la universidad para Marie y tantos de mis excompañeros.

—¿Y a qué te dedicas tú? —me preguntó Mercè el día en que nos conocimos, en esta misma azotea, ella tendiendo su ropa y yo contemplando la ciudad como hago ahora.

—A nada —le sonreí.

—A algo te dedicarás...

—A perder el tiempo —le dije yo mientras ella me observaba con la curiosidad indisimulable de quien sospecha que le están mintiendo.

—No es mal trabajo —me respondió con una sonrisa.

—No está mal —le dije yo.

La conversación siguió por otros asuntos: de dónde era, cuánto tiempo llevaba en Barcelona, dónde había vivido antes, pero encalló bruscamente en cuanto yo empecé a hacer preguntas. Aun sin ser muy personales, enseguida percibí que mi vecina no quería hablar de ella.

Ahora veo sus sujetadores, sus sábanas y su ropa colgados del tendedero y de inmediato mi pensamiento vuela hacia ella y, tras ella, hacia todas las mujeres de mi vida. ¿Dónde estarán? ¿Y con quién? ¿En qué momento habrán dejado de recordarme y, si alguna aún sigue haciéndolo, cómo lo hará y de qué modo? Y, sobre todo, ¿qué pensarán de sus vidas ahora que el tiempo ha pasado y, con el tiempo, su mejor edad?

Mi mejor edad también ha pasado. Y, sin embargo, aquí estoy contemplando Barcelona, una ciudad en la que también me siento extranjero, pero cuyas azoteas me devuelven la luz y la turbación de mi juventud, sin saber qué hacer con mi vida.

Otra...

¿Y si el tiempo no hubiera pasado?

¿Y si todo fuera una ilusión y yo siguiera, como mi hijo, contemplando las estrellas con mi padre en aquel pueblo de León que olía a lúpulo y a tomillo y en el que el agua se dormía en las presas?

¿Y si ésta no se hubiera despertado desde entonces?

¿Y si mi hijo no hubiera existido nunca?

Otra...

Se ha dormido.

Mientras yo contemplaba Barcelona desde el cielo, Pedro se ha rendido al fin y se ha quedado dormido con los ojos semiabiertos, como cuando era pequeño. Su respiración pausada delata, no obstante, que está dormido completamente.

Debería llevarlo al coche. Debería trasladarlo hasta el asiento de atrás de éste y permitirle que duerma allí mientras yo sigo mirando las estrellas. O mejor: si fuera un padre más responsable, le llevaría al hotel para que descanse.

Pero se está muy a gusto aquí. Con la magnífica noche que hace (lo único que se mueve son las estrellas y la temperatura sigue sin descender), apetece permanecer aquí, lejos de un mundo cuyos neones iluminados y coloridos están muy cerca, aunque ahora no los veo gracias a estas colinas que me rodean. Como si hubiese desaparecido ya, el mundo es sólo un rumor que se confunde con el del mar y con el de ese firmamento tembloroso que contemplo sobre mí mientras mi hijo duerme a mi lado ajeno a mis pensamientos y con los ojos llenos de estrellas y de ilusiones. Las estrellas e ilusiones que han caído

sobre él mientras contemplaba el cielo y que desaparecerán cuando se despierte.

Así que le dejo que siga así. Tan sólo le
tapo un poco con mi jersey, más por instinto de
protección que porque de verdad lo pueda nece-
sitar (la noche es muy calurosa), y me quedo sentado junto a él sin hacer ruido, para no interrumpir su sueño. El humo de mi cigarro sube
hacia el cielo como si fuera su representación.

Cuántas veces, recuerdo ahora mientras
lo miro, velé su sueño aquellos primeros días de
su existencia, cuando me parecía un milagro que
respirara y temía que pudiera dejar de hacerlo en
cualquier momento, y, luego, cuando estaba enfermo. Siempre me parecía tan frágil que, aunque sabía que nada podía ocurrirle, la inquietud
me llevaba a mirarlo cada poco. Él no lo sabe,
pero he pasado muchas horas mirándolo mientras dormía.

¡Cómo ha cambiado!, pienso observando
de nuevo el cielo, cuya luminosidad ha ido en
aumento. Parece que era hace un año cuando le
enseñaba a andar y pocos más cuando lo llevaba
en brazos. Pero han pasado ya doce. Doce años
desde que llegó a esta vida surgiendo de las tinieblas en las que vivía hasta entonces y a las que
volverá algún día como todos los hombres y mujeres de este mundo. Y como las estrellas. Y como
esta misma isla que parece estar aquí desde el
origen mismo del universo, pero que también
surgió en un momento concreto, igual que desa-

parecerá otro. Es el destino de todo lo que se mueve y vive sobre la tierra, sea cual sea su naturaleza.

Lo único que no desaparecerá es el tiempo. Como me decía mi padre aquella noche en la era (aquella era que desapareció también: mi padre la vendió, junto con las demás propiedades de los abuelos, al morir éstos, y el comprador la sembró de trigo), el tiempo es lo único que permanece y que nos sobrevivirá cuando ya no estemos. Ni nuestros hijos, ni nuestros sueños, ni nuestras creaciones reales o imaginarias: nada sobrevivirá a la muerte, tan sólo el tiempo del que se alimenta ésta. Como las generaciones de las hojas, las de los hombres también seguirán pasando y su breve luz vital se disolverá en la noche perpetua, esa que no se acaba jamás, hasta que la última haya desaparecido del mundo. Y entonces sólo quedará el silencio.

La larga noche del tiempo. La eterna noche del hombre que yo vislumbré en Uppsala y que vuelvo a vislumbrar de nuevo escuchando este silencio repentino y viendo esta nieve mágica que cae desde las alturas, ahora que todo ya se ha dormido. El mar, la tierra, mi hijo, hasta las propias estrellas, que antes temblaban y se movían como centellas de un lugar a otro, se han quedado quietas de pronto, como si se hubiesen petrificado en la eternidad. Pero es una ilusión falsa. Por debajo del silencio, más allá de las estrellas y de estas negras colinas que me rodean como si estuvieran muertas, el tiempo sigue pasando y arrastrando en su camino los recuerdos y las vidas de los hombres y de las mujeres que los gestaron y que los acompañan en su peregrinación, de sus hijos y sus nietos y de los hijos y de los nietos de éstos, de los que desafían al mar y de los que permanecen siempre en la tierra firme, de los que desaparecerán para siempre un día y de los que vivirán eternamente en el firmamento convertidos en estrellas cada vez más misteriosas, como la de mi tío Pedro, el que desapareció en la guerra. Y, mientras tanto, mi hijo duerme tranquilo, ajeno a esta eternidad que se ha instalado ya sobre el mundo y sobre su reflejo en la inmensidad del cielo.

¿Cuánto durará su sueño? ¿Cuánto la paz que ahora siente y que el tiempo le robará algún día?

«¡El tiempo!... ¡El tiempo!...», escucho ahora cerca de mí como si volviera a estar en el compartimento de aquel tren al lado de aquel hombre
misterioso que desapareció con él, pues nunca lo
vi apearse, ni siquiera en la última estación, que
era la mía. Se quedó sentado en su asiento, mirando por la ventanilla.

«¡El tiempo!... ¡La flor del tiempo!...», escucho repetir a Paul Celan, al que tanto se parecía aquél (mientras, mi madre me mira desde la
ventana de su residencia).

Es la memoria, que me traiciona. Como a
mi pobre abuela antes de morir, la memoria me
traiciona y me hace oír palabras que ya no suenan
ni existen más, pues desaparecieron en la inmensidad del tiempo. A mi abuela la memoria le traía
la voz de su hijo desaparecido (incluso le trajo a
éste una vez: la esperaba en un camino cuando
volvía de regar una noche el huerto, pero desapareció de nuevo en cuanto se abalanzó hacia él) y a
mí me trae las de los fantasmas que también me
ha dado la vida: la de mi padre nombrando las estaciones que se sucedían por el ferrocarril del norte; la de mi tía Carmen llevándome de la mano
a ver las fiestas del Arenal; la de mi hermano lla-

179

mándome «gallina» cuando aún estaba vivo y podía hacerlo; la de mi madre cuando todavía me
hablaba... Pero también me trae las de otras personas. Las de Carolina y Tanja riéndose entre las
olas de Cala d'Hort y de Cala Conta, las dos
completamente desnudas. La de Daniel delante
del Montesol. Las de Otto y Nadia en su barca o
en la terraza del bar del cruce de Buscastell, donde pasaban las horas muertas. Las de Francesc y
sus compañeros comentando la pesca del día y los
acontecimientos de una isla en la que nada suce-
día de nuevo...

No es la primera vez que la memoria me
las devuelve. Pero nunca como ahora, con esta
nitidez y cercanía con la que las escucho desde
hace unos minutos, desde que las estrellas también se quedaron quietas. Parece como si las es-
cuchara entonces, cuando sus dueños las decían
de verdad. E igual me ocurre con sus imágenes.
Aunque el tiempo transcurrido ya es muy largo, los
veo ahora como cuando estaban vivos o cuando
compartían conmigo la realidad y no su reflujo.
Debe de ser mi imaginación, que ha convertido
la noche en una pantalla en la que se reflejan mis
pensamientos y mis recuerdos, que son los restos
de la película de mi vida, que vuelve a pasar de
nuevo por mi memoria: mi abuelo con el caballo
esperándome en el cruce para llevarme a casa su-
bido en él, mi padre yendo a trabajar, mi madre
y mi hermano Ángel desayunando en la mesa de
la cocina la mañana en que éste tuvo el acciden-

te, las aulas del instituto, el frío del internado, las chimeneas echando humo día y noche sobre la ciudad lluviosa en la que transcurrieron mi infancia y mi adolescencia, la luz de Ibiza y de sus caminos, las universidades en las que los fui olvidando, los amigos que perdí y las mujeres a las que amé y que abandoné por otras o que me abandonaron ellas, los libros que no escribí, los que comencé y dejé, los que conseguí acabar pero jamás logré que me publicaran... Y Marie, siempre Marie repitiéndome aquella frase que pronunció en la penumbra de un hotel de Nápoles en el que las contraventanas nos separaban del mundo y en el que nuestro hijo comenzó a nacer: «Me gustaría que se parara el tiempo». Un deseo que yo repito ahora en voz alta dirigiéndome a la estrella de mi tío, que es la única de todas en que creo, porque es la única que me ha acompañado siempre.

Otra...

—¡Mírala!... ¿La ves allí?... Aquella que luce tanto...

Las palabras de mi padre se confunden con las mías y con todas las palabras que ahora suenan en la noche. Son las palabras de los desaparecidos, que cada vez se escuchan más cerca.

Entre todas, destaca una voz. No la he oído nunca, pero sé a quién pertenece, del mismo modo en que sé cómo era su rostro. Lo vi mil veces cuando era niño y lo volví a ver después en la cara de mi hijo, cuyo nombre comparte con él. Antes lo compartió con mi hermano Ángel, pero mi madre no permitió que compartiera también el nombre, pues pensaba que traería mala suerte. Mi padre siempre se arrepintió de ello.

Mientras la escucho, miro su estrella. Es la más vieja de todas, pero luce tanto como las otras. Incluso más desde hace ya un rato, desde que todas se han quedado inmóviles. Se diría que se han dormido también, como mi hijo y como la naturaleza entera.

Pero yo sé que no es verdad. Yo sé que el tiempo es lo único que no se detiene nunca y las estrellas le pertenecen como los árboles a la tierra y como el viento a la inmensidad del mar. Por eso sé que no están dormidas. Y por eso estoy seguro de que en cualquier momento volverán a volar de nuevo, como hacían hasta hace muy poco. Aunque, entre tanto, sigan inmóviles ajenas a esas voces que se escuchan en la noche y cuyo número ha ido en aumento hasta el punto de que ahora ya no se distinguen unas de otras. Como las propias estrellas, son tantas y tan distintas que es imposible saber a quién pertenecen ni lo que dicen.

Si no estuviera despierto, pensaría que lo estoy soñando. Pensaría que esas voces que se oyen en la noche son el eco de otras voces que escuché antes de dormirme, que se repiten ahora en mi sueño. Me suele ocurrir a veces, sobre todo por el día, cuando me quedo semidormido sin darme cuenta y en mi mente se confunden los sonidos de la casa y de la calle con los que la duermevela inventa o rescata de mi memoria, sumiéndome en un estado de irrealidad. Ahora lo estoy también, pero se trata de una irrealidad distinta. Es la irrealidad del tiempo, de ese tiempo que va y viene en mi memoria trayendo y llevando imágenes y llenando de sonidos y de voces el silencio de esta noche que se ha quedado parada como los barcos en la lejanía y como los bares y discotecas de Ibiza y de San Antonio, cuyo ruido desapareció hace mucho. Como la noche en la que llegué a esta isla (y como aquella otra en la que mi padre se me apareció de pronto entre las estrellas cuya lluvia contemplaba junto al mar en compañía de mis amigos de entonces), la realidad se ha difuminado y, en su lugar, ha surgido otra en la que el tiempo corre sin ningún control. Como en aquella noria de feria en la que Pedro descubrió el peligro y que se quedó girando en mi mente desde ese día, pese a que creía que la había olvidado.

Lo he creído hasta esta noche, hasta que las estrellas comenzaron a volar sobre mis ojos y los recuerdos a hacer lo mismo en mi corazón, ese barco a la deriva en el que viajo desde que llegué a esta isla y aún más desde que me marché de ella. Por eso me ha sorprendido volver a verla de nuevo, ahora en el cielo, entre las estrellas, girando como aquella tarde y llevando en sus asientos a personas que conozco, pero que están ya muertas desde hace mucho tiempo: mis abuelos, mi padre, mi hermano Ángel, mi tío el que desapareció en la guerra, Ibón, aquel amigo del barrio al que le explotó la bomba que él mismo iba a colocar cuando yo ya vivía en Ibiza... Son los dueños de las voces que escuchaba hace un instante, los propietarios de esas imágenes que ahora se transparentan en las estrellas como si fueran calcomanías, al igual que aquella noche en Cala Salada en la que se me aparecieron por primera vez.

—¡Mira, papá! ¡Mira lo que está pasando!

No es mi hijo el que lo dice. Soy yo el que grita en el tiempo mientras contemplo con emoción esos rostros. En torno a ellos, el cielo ha comenzado a temblar de nuevo y a llenarse de relámpagos de luz.

Otra...

—Mira, hijo, mira lo que está pasando —le digo yo ahora a Pedro sin mirarlo, sabedor de que está a mi lado. Lo hago en voz baja, para que no se despierte. No quiero interrumpir su sueño ni su paz.

Aunque quizá debería hacerlo. Después de haberlo traído hasta aquí y después de que haya estado despierto toda la noche esperando este momento, seguramente hasta me lo agradecería. Pero prefiero que siga durmiendo. Prefiero que siga sin saber que, además de estrellas fugaces y de deseos que se cumplirán o no, depende de la fortuna de cada uno, la noche de San Lorenzo está llena de fantasmas y de sombras, de murmullos que vienen del otro mundo y que reclaman su recuerdo en éste. Y no es una fantasía. Mientras las estrellas vuelan, los rostros que transparentan y que desaparecerán con ellas en la eternidad van pidiendo una última mirada que los salve, un recuerdo que los deje seguir viviendo en el firmamento, aunque sólo sea una noche más. Me lo contó mi madre una vez (cuando se murió el abuelo, en el corredor de casa) y ahora me doy cuenta de que no se trataba de una fantasía, de una invención para entretenerme y desviar mi atención de lo que ocurría dentro de aquélla. Aunque enseguida me olvidé de ello pese a lo que le prometí esa noche, el tiempo me ha demostrado que lo que me decía mi madre era cierto: que las personas siguen viviendo en el cielo mientras los que las conocieron miren su estrella todas las noches.

Por eso me sorprende que mi tío continúe donde siempre. Y que continúe mirándome como en la fotografía que presidió el salón de su casa mientras su familia lo siguió buscando: de perfil y con la expresión muy seria. Porque, aunque yo he buscado su estrella a veces (esa estrella que ahora veo brillar igual que cuando era niño), el tiempo me hizo olvidarme de ella, lo mismo que de las de los demás. Ni siquiera la de mi padre he conseguido que perviviera, puesto que también me olvidé de él poco a poco. Entonces ¿por qué la estrella de mi tío Pedro, ese del que nunca se supo si murió y en qué circunstancias, continúa brillando como la primera noche, aquella en la que yo la elegí entre todas las que brillaban sobre mi cabeza?

Lo ignoro, pero lo intuyo. Y más ahora, que las estrellas han dejado de volar de un sitio a otro para convertirse en copos como aquellos que caían en Uppsala sobre la ciudad desierta y sobre mis propios ojos insomnes. Como en aquellas noches y en las que viví de niño (éstas desde la ventanilla del tren que me llevaba por la cordillera en busca de aquel pueblo imaginario en el que las nevadas duraban también semanas), caen con gran intensidad, pero también con gran lentitud. Tardan, de hecho, en llegar al suelo y, cuando lo consiguen, lo hacen sin ningún sonido. Pero enseguida cubren la tierra. Como en la Navidad del norte, uno tras otro los copos van cubriendo las colinas de esta isla cuya memoria de la nieve prácticamente no existe, a excepción de la de las flores de los almendros de Santa Inés y de San Mateo y de la imaginaria de sus salinas. Por eso destaca aún más esta capa blanca que la cubre ya por completo, incluidos mi hijo y yo, convertidos en dos bultos bajo ella lo mismo que nuestro coche y que los pinos y los olivos que nos rodean, y por eso su reflejo ilumina las colinas y los barcos, esos que pescan en la lejanía y en los que los marineros deben de estar mirándola, pues son los únicos que siguen en pie a esta hora.

Y que lo estarán hasta el amanecer. Sólo entonces, cuando el sol salga de nuevo e ilumine con sus rayos esta nieve que cubre toda la isla de costa a costa, los ibicencos y los turistas despertarán y descubrirán que, mientras dormían, el tiempo se ha disparado y el mundo se ha dado la vuelta. Y, también, que las estrellas, esas estrellas que algunos vieron al ir y volver de las discotecas o se quedaron mirando durante horas hasta que se cansaron de verlas y lo dejaron, siguen brillando en el cielo convertidas en lágrimas de sal.

¿No serán ésas sus lágrimas, las lágrimas de la humanidad?

189

Otra...

¿No será Dios el tiempo?